KB046470

언어 이전의 별빛

허만하
시집

언어 이전의 별빛

솔
시선
23

| 머리말 |

　시인은 언어가 타고난 근원적인 고난을 깨닫고 사랑하는
사람이다.

　지난번 시집 『시의 계절은 겨울이다』(2013)를 상재한 후,
발표한 작품들을 모아, 몇 편 잊어버렸던 작품을 보태 일곱
번째 시집 『언어 이전의 별빛』을 엮는다.
　시 쓰기의 근거가 상대화되어 희박해지는 증후를 보이는
오늘날 문화 환경에서 보편성을 앞서는 시 쓰기의 고유하고
미래지향적인 가치를 확인하고, 따뜻하고도 매운 격려를 해
주신 솔 출판사 임우기 선생에게 마음에서 우러나는 감사를
드린다.

　시의 힘은 오로지 그 고립에 있다. 나를 시인으로 길러준
정신의 변방에 감사한다.

2018년
허만하

| 차례 |

3부

1부

역사

　나는 드디어 멀리 이 도시를 떠나지 않으면 안 된다. 그때
없어지는 것은 내가 아니다. 무수한 도시 가운데의 하나의
도시가 흔적 없이 사라질 뿐이다.

　그렇게 기록을 혐오하며 고요히 멸망한 이름 없는 왕조
가 있다. 느닷없이 쏟아진 한줄기 소나기에 흠뻑 젖은 길바
닥에 고인 물이 잦아들 때 그 안에 잠겨 있던 하늘이 사라지
듯, 그렇게 꿈꾸듯 사라진 도시가 있다

　당신이 누구에게서나 잊혀져 있다면, 당신은 벌써 루란
樓蘭처럼 사라지고 없는 것이다.

지층

끊임없이 내리는 눈송이처럼 쌓이는 것은 흙이 아니라 순수한 시간이다. 얼음장 밑을 흐르는 물소리마저, 얼음 위에 쌓이는 눈송이처럼 얼어붙는 빙하시대 시간의 순수를 본다. 지구에 인류의 흔적이 각인되기 이전의 깨끗한 시간의 발자국을 본다.

쌓인 시간은 지층의 단면에서 몇 겹 평행선이 되고, 아침에 대리석 광택을 띠는 부신 알몸 아랫도리처럼 휘어지는 곡선이 되기도 한다. 드물게는 긋던 선분이 느닷없이 잘리는 단층에 이어져 맞물린 두 평면이 어긋나는 불화를 드러낸다.

지층이 그려내는 소묘는 지구의 살에 깃들어 있는 시간의 현전이다. 잃어버린 시간을 찾아서 물길을 거슬러 끊임없이 지느러미를 흔드는 피라미의 아득한 여정이다. 망각의 어둠에서 흰 꽃잎처럼 떠오르는 번득이는 시간과의 만남이다.

회상은 지층을 벗어나, 전생의 겨울나무 잔가지 틈새를 비집는 그리운 바람 소리가 된다 멀지 않아 찾아들 첫눈을 예감하고 가늘게 떠는 먼 산맥 능선이 된다.

　　추억은 멀고도 아름다운 것만은 아니다 때로는 태풍처럼 격렬하고, 때로는 꽃 피는 계절처럼 잔인하다 사라진 시간이 지층에 남긴 층리의 창조적 구도를 바라보며, 깜빡 물빛 향수에 잠겼다 깨어나는 것은

　　나의 뼈와 살이, 습주조개 화석이 기억하는 아슬아슬하게 치솟은 감청색 물결이 폭발하듯 무너지는 설백색 물보라 소리와, 살아남은 최후의 한 마리 매머드가 하늘에 남긴 노을 묻은 마지막 울음소리와 함께, 한때 목숨을 모르는 무기질 지층 두께의 한 부분이었기 때문이다.

서낙동강 강변에서

물의 이동

가을 하늘은

먼 산처럼 말이 없고

환한 슬픔 안에서

물이 뒤쫓고 있는

가야 왕조의

고요한 멸망

폐역

느닷없이 내가 여기 서 있다

내가 서 있는 이곳이 나한테서

가장 먼

낯선 지점

아무도 마중 나오지 않는 대로

백 년이 벌써 지나는

어디서 본 듯한

접시꽃 한 그루

저만치

어디서 본 듯한

내가

기다리듯

서 있다

수성암 기억

강이 싣고 흐르는 물비늘은 가벼움의 한계인 극미량의
무게를 가진다. 바람에 밀린 골목 끝 쓰레기 더미처럼 하구
에 쌓인 물비늘들이 홀연히 사라지는 것은, 눈송이가 쌓여
눈사태가 되듯, 쌓인 물비늘 무게의 합계가 강바닥에 갈앉
는 모래의 무게가 되기 때문이다.

강바닥 수성암 한 토막이 시생대 새벽 노을처럼 아득히
기억하는 것은 가라앉기 직전의 운명의 물바늘 무게와, 캄
브리아기 하늘에서 펄럭이던 바람이 광활한 풀숲 넘어 번
득이던 한 줄기 물길을 스치던 최초의 촉감이다.

하늘의 물결소리

장소를 특정할 수 없는 어느 야산에서 야생의 한 마리 꿩이 이윽고 닭이 된 것처럼. 인간은 언젠가 인간이 아닌 다른 종 생물이 되거나, 절멸할 것이 틀림없다.

한 순간의 거대한 섬광을 따라 눈에 보이지 않는 방사능이 사하라사막 열기의 입자처럼 빙하를 휩쓰는 그날, 인간의 언어는 지상에서 사라지고, 바다는 혼자 출렁이고

산정에서는 하늘이 바람에 떠밀리며 펼친 푸른 날개의 넓이 바깥에서 부서지는 흰 물결소리를 내고 있을 것이다.

시간 이전의 별빛처럼

높낮이가 없어 보이는 평지에서 큰 강은 강폭을 앞세워 온몸으로 지표를 쓰다듬으며 의젓하게 흐른다. 같은 궤도를 밟는 낮달이 밤 달을 추월하지 않듯이, 같은 바다를 찾는 은빛 물길 속도는 앞서가는 물길을 추월하지 않는다. 흐름은 시간의 지속처럼 정확하다.

나의 관념은 흐르지 않는다. 한 자리에서 가늘게 떨 뿐이다. 페름기 죽은 시간이 가지런히 쌓여 있는 석탄층 검은 침묵 안에서, 시간 이전의 별빛처럼 최초의 표현을 위하여 보일락 말락 섬세하게 떨고 있을 뿐이다.

새

겁에 질려 가늘게 떠는 따뜻한 심장의 박동을 내 손바닥에 남겨둔 채 날아가버린 새가 만드는 하늘.

발자국을 남기지 않는 하늘은 경계가 없는 넓이가 되어 따라간 시선은 두 번 다시 돌아오지 못한다. 환한 슬픔과 황홀한 잠적이 겹치는 비어 있는 넓이 어디쯤에서 시선은 길을 잃어버렸거나, 순수한 넓이에 홀려 그 안에서 그대로 쓰러져버렸는지 모른다.

아니다.

하늘에는 새이기 위하여 절대로 지상에 내려앉지 않는 새가 있다. 시선은, 내 손바닥을 벗어나 자신의 하늘을 찾아나선 새 날개에 밀착한 채 아직 하늘을 날고 있다.

백열의 정오

자신의 자리를 찾아 불의 머리칼 흔들며 돌기만 하는 태양이 황금의 화살을 쏘아대는 이 시간, 누군가 한 사람이 프로메테우스의 불을 느끼며 힘겹게 걷고 있다. 나는 이곳에 한 번도 온 적이 없거나, 언젠가 한번 지났을지 모른다.

문명의 변방에서 변두리는 저녁노을처럼 고요하다, 가랑잎 한 잎 떨어지는 소리 들릴 것 같다. 세계가 느닷없이 이렇게 고요한 것은 히로시마를 태워버린 불꽃의 시간을 기억하기 때문이다. 세계는 숨죽인 채 인간의 멸망을 기다리고 있다. 물질의 승리를 믿고 있다.

속도를 잃은 바람이 더운 피로처럼 움직이기 시작하는 변두리에 우라늄의 은백색 적의처럼 서려 있는 눈부신 고요. 시멘트 담장이 유난히 길다. 눈부심과 그늘뿐인 흑백의 시야에 사람은 보이지 않는다. 벌써부터 나는 없다. 누군가의 기억이 한여름 뙤약볕 길을 간신히 걷고 있는 눈부신 백열의 정오.

거울의 깊이

나를 보고 있는 나를 보는 거울은 나의 얼굴을 그려내는 빛을 반사하는 냉정한 평면이 아닌 수직의 깊이다. 모든 풍경을 안으로 빨아들이는 내 눈동자의 깊이. 시선이 따르지 못하고 끝내 좌절하고 마는 심연의 깊이를 보는 눈.

푸른 공기를 뚫고 떨어지는 빛과 그늘처럼, 떨어지기 시작한 황금빛 은행나무 잎이 떨어지고 떨어져서 땅바닥을 완전히 덮어도 가지에 남아 있는 잎사귀 하나 줄어들지 않은 끊임없는 낙하처럼 나의 모든 것이 속절없이 그 안으로 떨어지는 순수한 깊이를 보는 눈.

거울 안에서 나의 얼굴은 쓸쓸한 언어의 그늘이 짙은 조형과, 어디서 본 듯한 낯익은 초상에 대한 어릴 적 기억 사이에 발견되기 이전의 섬처럼 있다.

속도를 잃은 새 한 마리 떨어지고 있다. 하나의 풍경을 완성하기 위하여 자신의 썰렁한 겨울 풍경 시간 안에서 지구의 중심을 향하여 돌처럼 떨어지고 있다.

얼굴

얼굴이 없는 군중 사이를 걷고 있으면 문득 그의 얼굴이 떠오른다. 만년의 그의 얼굴은 벌써 얼굴이 아니었다. 그것은 사막이었다. 무서운 고뇌와 죽기 직전의 절박한 침묵이 헝클어진 머리카락 틈새 이마에 새겨져 있다.

그가 짊어졌던 풍경은 가혹이었다. 소나기처럼 지나는 것이 아닌 항구적인 절망. 표상할 수 없는 차원한테 얼굴을 빼앗겨버린 폐허로서의 자화상 하나와 인간에게 기관이 없는 온전한 신체를 찾아주려는 격렬한 꿈을 그는 남겼다.

집단과 조직에는 얼굴이 없다. 지금은 뜨거운 여름이라 그의 눈은 화상을 입을지 모른다. 시간의 손때 묻은 우중충한 빌딩 그늘, 더운 바람이 고여 있는 파리 뒷골목을 한 고독의 극한이 살아서 걷고 있다고 가정하라.

대면

　어둠이 바다에 녹아들어 물빛은 한결 검푸르고 물결은 본연의 흰색을 정직하게 노출한다.

　뿌연 가로등 불빛이 어둠 속에서 새로운 어둠이 되는 경계를 살피는 일은 쓸쓸한 일이다. 별이 불타면서 얼어붙는 하늘 아래서 바람의 뒷모습을 바라보는 쓸쓸함은 바람 한가운데를 찾는 의지가 된다.

　문득 내 언어의 반경 바깥에서 나를 묵살하는 낯선 실체에 포위된 나를 느낀다. 언어에 오염된 적 없는 순결한 바깥. 그 순간, 내가 대면하는 것은 언어의 포위를 벗어 던진 야생의 바깥 풍경이 아니라, 내 의식의 거울에 비친 내 눈동자의 한정 없는 깊이보다 더 깊은 맑음이었다. 슬픔도 닿지 않는 마음 밑바닥의 깊이.

풀밭과 돌

새벽 비에 젖는 땅은 오염을 모른다. 풀밭에서 씨앗이 부풀고, 산은 멀리 푸르다. 하늘의 무한은 길을 떠나는 철새 날갯짓 그늘이다.

시는 기억 이전의 풍경을 돌 안에 조각한다. 돌이 정갈한 아침이 처음 열리던 기억을 받아들이고 눈물을 글썽일 때 최초의 꽃이 향긋한 바람과 함께 피어난다.

돌은 풀밭에서 말이 없다. 돌은 곡선을 생각하고 있다. 하늘에서 떨어질 때 자신이 그 위를 미끄러질 곡선을 생각하고 있다.

나는 풀밭에서 돌의 무표정을 어루만지며 공연히 하늘에 던졌다. 그때부터 돌은 다시 돌아오지 않았다. 바다가 너무 가까워 팔을 뻗치면 푸른 피를 흘리는 풀밭에 아무런 이유 없이 돌이 있다.

풀밭과 돌 II

돌의 수만큼 침묵이 있다. 돌은 풀밭에 있다. 돌 안에 잠들어 있는 시간.

풀밭에서 돌은 휜다. 풀밭에서 돌을 집어 올리는 손이 없다. 자기 윤곽까지.

내부가 충만한 돌은 외롭다. 비가 내리고 있는 도시처럼 쓸쓸하다.

따뜻한 눈길을 기다리고 있는 외로운 돌과 새처럼 멀리 날고 싶은 돌이 함께 풀밭에 있다.

돌의 이유

돌의 충만은 기억한다. 지구와 별이 태어나기 이전에 있었던 비어 있음을.

돌은 무거움과 가벼움을 넘어선 시작을 기억한다. 시작의 무서움을 기억한다.

돌의 무게는 기억한다. 처음으로 바닷물을 만나 김을 뿜으며 지글지글 식어가던 불의 진흙 체온을.

언어가 지배하는 세계를 경멸하면서, 절박한 소식을 전하는 언어처럼 지평선 너머까지 하늘의 구름처럼 움직이고 싶은 돌.

자신의 체질을 지키면서 어두운 시간이 지나기를 한자리에서 애틋하게 기다리고 있는 돌. 돌의 소망과 기다림에 형태를 주었던 것은 어떤 손이었을까.

돌은 스스로의 이유로 존재하지 않으면 안 되었다. 돌은 바람 부는 겨울들녘처럼 쓸쓸한 내부다. 사람들은 언젠가 돌의 허무를 깨닫고 말 것이다.

돌이 이곳에 있는 것이 자기 자신이란 사실을 문득 깨닫는 싱싱한 여름 아침의 일순. 반짝이는 이슬처럼 초록색 감각이 살아 있는 여름 아침 풀밭.

황폐한 대지에서 살아남아 있는 싱그런 목숨의 섬. 초록색 바람의 향기가 찾아드는 마지막 목숨의 섬.

순간은 표면에서 반짝인다

소리를 내지 않고 우는 바람처럼 조용히, 강은 물비늘 옆구리를 드러내며 시시각각 새로워지는 자신의 현재와 헤어지고 있다.

한때 나였던 실체는 벌써 내가 아니다. 연두색 바람을 만난 초여름 나무 잎사귀의 바다처럼 반짝이는 물비늘은 나의 사라짐과 새로운 나의 현전이 교차하는 특이한 한순간이다.

순간은 반짝인다. 내 생명의 해시계가 기억하는 밤하늘 별빛, 새벽 햇살에 깨어나는 상고대, 일몰의 강 수면 위에 뛰어오르는 피라미의 옆구리, 비좁은 산길 잔가지와 풀잎 사이에 걸려 있는 거미줄, 긴 복도 바닥에 떨어져 있는 바늘 끝, 청순한 소녀의 눈빛. 글썽이는 눈물, 햇빛을 등진 한 올 머리칼, 저녁 햇살이 미끄러지는 먼 유리창. 바람이 쓰다듬는 푸른 바다의 표면. 뜨거운 한여름 백사장이 드러내는 미세한 사금, 어느 한 순간의 빗줄기, 소리 없이 내리는 자욱한 눈송이. 사라지기 직전의 단명한 눈부심은 한순간 표면에서 반짝인다.

강의 시원과 종언은 시간의 옥에 갇힌 인간의 정신처럼
눈에 보이지 않는다. 시작이란 언제나 끝의 시작이다. 끝의
끝이 없는 것처럼 시작의 시작은 없다.

나는 우연히 만난 현세에서 유일무이한 한 순간의 과도
기다. 꽃이 피어나는 눈에 보이지 않는 움직임같이, 나는 보
이지 않는 쉼 없는 변화다.

광년의 우주공간을 횡단한 끝에 빛과 그늘의 계면에 몸
을 던져 반짝임을 만들고 사라지는 햇빛의 최후는 정확하
고 의젓하다.

낙엽은 성실하게 방황한다

풋풋한 미지의 풍경에 한 발 다시 다가서기 위하여, 내 목소리는 어느덧 숲을 뒤흔드는 바람 소리, 숲을 따라다니는 새 지저귐 소리, 하늘을 쥐어짜며 뛰어내리는 빗방울 소리, 높은 가지 끝에서 바람도 없이 떨어지는 솔방울 소리, 노란 불씨가루 따갑게 튀기며 탁탁 타오르는 마른 장작 불길 소리, 수평선 너머에서 주름지며 달려온 끝에 그리던 육지에 몸을 던지는 바닷물 부서지는 순백의 소리와 하나가 되고, 다시.

더운 무역풍에 땡그랑거리는 낙타 떼 대상의 물빛 방울 소리, 눈보라 속을 표류하는 빙산이 쩍쩍 갈라지는 눈부신 소리, 얼어붙다시피 맑게 갠 하늘을 달리는 은백색 구름 소리, 하늘 끝 간 데를 나는 철새 무리 날갯짓 소리, 용암 동굴이 기억하는 선사시대 바닷바람 소리와 불의 진흙 흐르는 뜨거운 소리, 별똥별 밤하늘 가로지르며 광물질 불타는 소리, 들리는 소리, 들리지 않는 소리, 우주공간 모든 소리의 중심이 되어 묻는다.

쓸쓸한 지구여, 지금은 한겨울, 바람은 어디에서 불어오는가.

캄캄한 절대침묵을 배경으로 윤곽이 뚜렷해지는 천의 소리 중심에 직립한 나는 기억 속의 상처처럼 열린 입술에서 우연히 꽃잎처럼 떨어지는 목소리 부스러기 한 토막에 놀라 어느새 나지막이 고함지른다. 그것은 짐승의 부르짖음이 아닌 번뜩이는 내 시원의 언어다. 야생의 내 언어는 눈앞에 펼쳐지는 눈부신 세계를 바라보며, 뛰어오르기 직전의 한 마리 맹수처럼 가늘게 떨며 도사린다. 그 전율은 시의 본능이다.

아직은 삭막한 한겨울, 바람은 미래 쪽에서 정면으로 불어온다.

미래를 향한 한 번의 점프를 결행하기 위하여, 다른 내 자신이 되기 위하여, 끊임없이 새로운 미지와 사귀는 운동이 되기 위하여, 나의 언어는 해맑은 달빛에 젖는 시베리아

침엽수림에 메아리치는 한 마리 늑대 울음소리처럼 방황
한다. 바람에 밀려 골목 끝에 쌓인 낙엽더미처럼 방황한다.
가스 가로등 불빛이 봄하게 켜져 있는 코펜하겐 거리를 쓸
쓸하게 걷고 있는 젊은 키르케고르 뒷모습처럼 성실하게
방황한다.

눈송이 회상

견고하고도 눈부신 광물질처럼 번득이며 치열하게 눈이 내리는 날, 나는 환하고 투명한 새로운 세계를 찾아 썰매를 끌며 자욱한 눈발에 휩싸인 알류샨 열도를 건넜던 인디오의 달력에 깃든 내 언어의 원시를 회상한다.

선인들이 걸었던 언어의 길 위에서 나는 여리면서도 여섯 모 결정이 결정적으로 아름다운 흰 물질의 궁극을 생각한다. 앞을 가리며 맹렬하게 눈이 내리는 날, 쌓인 눈 두께를 맨발로 건넜던 고대 마야 족 신화의 기억 깊이 묻혀 있는 쑥 냄새 나는 내 언어의 원형을 떠올린다. 동양의 흙냄새 나는 미지의 언어에 대한 물빛 향수.

얼어붙고 터진 발에서 태어나는 부신 지평선 너머를 확신하며, 걷기 위하여 걷는 유랑의 무리들. 햇빛이 얼어붙는 북극권을 벗어난 그들 앞에 펼쳐진 낯선 터전의 흙냄새 풍기는 초록색 풍경 앞에서 은빛 눈물 반짝임이 된 감격의 고함 소리를 아득히 듣는다.

나는 지금 흙을 모르는 빙산에서 미끄러지는 위험한 언어다. 위험은 유혹이다. 타협에 머물렀던 우리들 시대의 언어, 언어는 점화를 기다리는 화약의 쓸쓸한 침묵이다. 언어는 순결을 위하여 눈보라의 중심을 찾는 새로운 눈보라의 의지다. 움직이지 못하는 나무가 격한 바람에 잎사귀를 흩날리듯이, 하늘은 바람도 없이 쓰러진 눈송이 위에 다시 무수한 눈송이를 흩날리고 있다.

　자욱한 눈송이 두께는 나의 언어와 함께, 모든 눈발의 미래를 위하여 영하의 협곡 은백색 빙벽을 물들이는 최후의 단풍이 되어 고요히 불타오르고 있다. 산불처럼 뜨겁게 타오르고 있다.

바깥은 표범처럼

그의 입술에서 떨어진 최후의 말은 내 기억의 밑바닥에서 이따금 사금처럼 반짝인다. 나는 회상하고, 나는 잊는다. 나의 망각과 기억은 언제나 나의 피부 안쪽에 있다.

언젠가, 내 바깥은 굶주린 한 마리 표범의 사나움이 되어 내 안쪽으로 달려들 것이다. 그때, 여태까지의 나는 사라지고 나는 누구의 기억에도 없는 새로운 기억이 되어, 바람에 밀리는 눈송이처럼 반짝이며, 낯선 바깥의 발자국을 무구한 설원처럼 기다리고 있을 것이다. 바깥을 되찾으려는 기억은 묻혀서 기다린다.

팔을 뻗쳐 민들레 줄기를 꺾었다. 우윳빛 즙액이 묻어났다. 쌓인 눈 무게 밑에서 땅의 체온이 만들어낸 흰 피.

나의 몸 안쪽에 닻을 내려 나의 새로운 경험이 되려 달려드는 표범을 구석구석 순환하고 있는 야성의 붉은 피는 민첩한 실체의 떠오름보다 더 정확한 속도다. 파르스름하게 날이 선 칼에 베인 상처에 따르는 아픔이 출혈보다 한발 빠른 것처럼, 감각은 인식보다 더 빠르다. 더 직접적이다.

2부

물의 시생대

물은 잊어버리고 있다. 그리고 기억하고 있다. 눈 내리는 자욱한 하루처럼 사라진 어릴 적과 도지는 상처의 선명한 아픔처럼 날카롭게 되살아나는 지금을 확인하면서 물은 시시각각 돌아오지 않는 것이 되고 있다. 물비늘 반짝임을 만드는 바람의 살결과 쓰러지는 햇살을 느끼면서 물은 서서히 자신의 미래가 되고 있다.

연두색 바람을 만난 오월의 나무 잎사귀처럼 몸을 뒤집는 물비늘은 한때의 나의 소멸과 지금의 나의 생성이 교차하는 시간의 눈부심이다. 나의 해시계 그늘이다. 물은 비어 있는 푸른 높이에서 구름으로 태어나는 것일까. 사막에서 되살아나는 목마름의 극한에서 여름 아침 풀잎을 구르는 한 방울 이슬로 태어나는 것일까.

인간이 없었던 아득한 시간에서 태어나, 인간이 사라진 아득한 시간으로 돌아가는 물의 모습은 언제나 일시적이다. 누군가 그 탄생의 시간을 분명히 내 피에 써넣었지만 물의 시생대는 지구에 사람이 태어나기 이전의 가을하늘처럼 깨끗하게 잊혀져 있다.

그곳에 개울이 있었다

뜻밖에

그곳에 개울이 있었다

흐르고 있었다

시간이 목을 축이고 있었다

그때

사라지는 것이 태어났다

있다가 없어지는 것

어느덧 보이지 않는

소실점을 향하여

손을 흔들며

이별과 출발 사이

손을 흔들며

그것은 멀어지고 있었다

그곳에도 천체가 있고

해와 달이 돌고 있었다

도르래 소리 가을

마을을 지나자 샘터가 나타났다. 흰 두건을 쓴 소녀가 암
반 깊이에서 지난여름 혼자만의 기억을 퍼 올리고 있었다.
시간의 물길에 삭은 도르래 구르는 소리가 이국에서 맞이
하는 가을 풍경의 일부가 되고 있었다.

샘터에서 서성이던 바람 소리가 저만치 옥수수밭을 향하
여 젖빛 어스름처럼 움직이기 시작한다. 낙엽 한 잎이 뒹굴
며 뒤쫓고 있는 것이 보인다.

마리아 라크 호수 가는 길 허름한 마을에서 입수한 빛바
랜 아르슈 지 동판화 중세 남부 독일 시골마을 이야기다.

표본실

자신의 호적이 적힌 기록과 함께 바늘 핀에 찔린 나비 한 마리 비좁은 표본상자 안에서, 봄이면 꽃이 피는 기억의 출생지를 찾아, 검푸른 바다를 건너는 필사적인 날갯짓의 상징이 되어 슬픈 날개를 펼치고 있다.

삶과 죽음의 아슬아슬한 틈새를 날았던 생의 표상으로 마지막으로 펼치고 있는 가냘픈 날개. 저마다 다른 아름다움을 표현하고 있는 나비 날개는 지상에 최초의 꽃이 태어나기 이전부터 먼저 꽃잎처럼 날고 있었는지를 떠올리는 물음의 촉발이 아니다.

애처로운 날개는 지질시대 시간을 벗어나는 자유의 상징이라고 조용히 타이르듯 대답하는 표본실 공간의 무서운 침묵.

물은 촉감이다

물에는 윤곽이 없다. 윤곽이 없는 물은 살보다 더 물렁물렁하다. 물은 서로 타자이면서 만나자마자 밀착한다. 비집고 들 틈새 없이 밀착한 채 뒹굴며 서로 떨어질 줄 모른다. 그렇다고 물은 관능적인 물질이 아니다. 손이 닿을 때 태어나는 순수한 촉감이다.

물은 서로 떨어질 줄 모르는 것이 아니라, 소립자가 확보하는 초미세 나노 차원 틈새의 절대성을 모른다. 엄동설한을 견디는 흰 얼음 두께처럼 한자리를 지키며 번들거리는 그늘진 슬픔을 모른다.

물이 다른 물과의 접촉을 사랑한다면 숲을 떠나는 새는 바람을 사랑한다. 뼈대가 없는 물은 그대로 치밀한 땅속으로 스며들어 깊이가 되지만, 하늘의 일부가 되려는 새는 부드러운 깃털 몸무게를 구름처럼 바람에 얹는다.

물의 순수

주전자 물이 적막한 것은 비어 있는 유리컵의 목마른 기다림을 느끼는 그때다. 물이 유순한 것은 남의 형태를 빌릴 뿐 자신의 고유한 형태를 주장하지 않기 때문이다. 물은 자신의 형태를 가지러 모처럼 온몸으로 일어서지만, 바로 왈칵 무너지고 만다.

바닷가에서 내가 보는 것은 무너지는 흰 물결의 높이가 아니라, 절정의 순간에 찾아 드는 나락의 깊이다. 부들부들 떨며 일어서는 물과 물보라 속에서 혼자서 무너지는 물의 힘이, 교차하면서 만드는 한 순간의 정지와 그 정지에 깃드는 한 순간의 고요를 나는 철저하게 개인 하늘처럼 느낀다.

비가 자신의 체취를 잠시 바람에 묻히는 것은 우산을 함께 받치고 걷는 남녀의 한쪽 어깨가 젖는 그때이거나, 오렌지색 등불이 켜진 현관에서 비옷을 벗는 그때다.

겨울 밤하늘에 얼어붙는 별을 바라보는 외로운 뺨의 벼랑을 타고 흐르는 이슬은 짭짤한 바닷물 맛을 가지지만 여름 아침 풀잎을 구르는 이슬은 무색무취의 한 방울 순수다.
고독의 극한에서 빚어낸 언어처럼 드물게 반짝임을 반사하
는 순수.

피부의 깊이

피부는 접촉하면서 구별한다. 피부는 깊이다. 표면을 드러낸 내면의 깊이다. 측연추가 바닥에 닿지 않는 크레바스의 깊이. 피부는 나를 담고 있는 용량이 아니라 언제나 아슬아슬한 거리를 유지하면서 나를 바깥에서 떼어내는 경계다.

피부는 느낀다. 푹신푹신한 살을 느끼고 한겨울 들녘의 황량한 기온을 느낀다. 하늘을 나는 가룽빈가 날갯짓이 인도의 하늘에 뿌리는 꽃향기를 음악처럼 느끼고, 최후의 새가 떠난 숲을 덮는 은백색 강설의 순결한 고요를 느낀다. 피부는 지도처럼 펼쳐져 있는 광활한 침묵의 감수성이다. 상처를 입는 바깥을 덮는 마음의 피부.

피부는 찢어져서 내면이 피를 흘릴 때까지 언제나 돌처럼 냉엄한 바깥이다. 피부는 바깥을 보려는 집요한 눈의 원형이다. 접촉으로 바깥을 보려는 마음의 평야는 목숨의 의지처럼 질기고 넓다. 보라, 한 마리 새가 노을을 횡단하고 있다. 역사의 둥지로 돌아가고 있다.

한겨울 눈이 내리는 이마가 싸늘한 총구를 느끼는 때, 너 또한 말하라. 최후에 말하는 기다림의 사람처럼 피부여. 너의 내면이 말하는 그대로 말하라. 너의 말에 피의 의미가 묻은 그대로 미량의 쓸쓸한 그늘이 얼비치는 설원처럼 말하라. 최후의 너의 말이 꽃잎처럼 입술에서 떨어지는 그 순간, 인적미답의 설원은 이윽고 너의 피부가 되리라.

설원은 나의 피부다

시를 쓴다. 움켜쥔 만년필 펜촉 움직임 따라 상처를 입는 백지. 피 흘리는 아픔을 호소하는 언어가 아니라, 상처의 의미를 따지는 언어가 아니라, 아름다운 언어에 베인 상처가 그대로 조용히 드러나기를 숨죽여 기다리고 있는 경건한 백지.

설원이 누워 있는 감수성이라면 나는 고독한 망명자의 발걸음이다. 아직 태어나지 않는 미래의 풍경을 경험하기 위하여 인적미답의 은백색 기다림 안으로 눈사태처럼 들어닥치는 침입자가 아니라, 계곡 하나 건너는 데 열흘이 걸리는 봄철 산벚나무 개화기처럼 찬찬히 걸어 들어가는 알뜰한 필연성이다.

새로움은 예민하다. 창조는 맹수에 쫓기는 어린 사슴 뜀박질처럼 절박하다. 백지의 순결한 기다림에는 지평선이 없다. 안과 바깥이 만나는 계면의 자욱함뿐이다. 캄캄한 하늘에서 희고도 푸근한 것이 치열하게 쏟아지고 있는 자욱함. 잎 진 나무 한 그루 멀리 서 있는 설원의 바람 소리와 내 발자국 소리 틈새의 숨 막히는 긴장을 백지는 기억한다. 눈이 시린 영하의 백지는 은백색 침묵으로 가혹을 견딘다. 설원의 끝을 바라보는 얼굴을 후려치는 눈송이의 감촉. 설원은 나의 가장 깊은 피부다.

깊이의 순수

    돌 안에 고여 있는 시간이 광물질에 동화하여 침묵하고 있을 때, 고뇌 안에 쌓여 있는 슬픔은 비티아즈 해연 깊이가 된다. 빛이 뚫지 못하는 투명한 물의 두께가 만드는 어둠의 깊이에서, 생명은 스스로 형광을 만들며, 암흑에 저항한다. 에베레스트 산정에서 공기의 희박을 느끼고 쓰러진 인간이 높이를 깨닫듯, 조여 드는 어둠의 농도로 최후의 숨가쁨을 느끼는 물의 깊이. 밤하늘 시름 하나, 별똥별 무게로 바다 밑 바닥에 가라앉는 깊이. 슬픔과 고뇌를 초월한 명석한 깊이의 순수.

풀밭을 걷는 시인

발단은 언어가 없는 짐승의 눈빛이었다. 내가 본 것은 이름이 아닌 사물 자체였다. 이름과 사물의 틈새에서 풀잎 위를 구르는 이슬처럼 태어나는 시. 이슬 표면에 묻어나는 무지개처럼 잠시 이승에 머물다 다시 없는 것으로 돌아가는 목숨.

회한 없는 목숨이 어디 있는가. 철새여, 시여. 피로의 극한에서 다시 날개를 젓는 목숨. 언어 이전의 바깥과의 단 한 번의 대면을 위하여 한 시인이 이슬이 내리고 있는 여름 아침 풀밭을 한 마리 짐승처럼 횡단하고 있다.

언어를 죽이는 데 흉기는 쓸모없다. 미량의 독은 필요 없다. 우직한 동물의 본능으로 족하다. 캄브리아기 하늘을 저었던 공룡의 절규로 족하다.

언어의 침략이 없었던 야생의 발견. 그것은 복원이 아닌 발명이다. 무너지고 있는 도시에서 멀리 떨어진, 역사 이전의 풀밭을 한 시인이 원시인처럼 알몸으로 걷고 있다, 빙하

기에서 불어오는 투명한 바람에 일제히 쏠리는 풀의 무성
한가운데를 횡단하고 있다. 주검을 들꽃에 묻었던 아, 네안
데르탈인. 언어의 운명을 초월한 번득이는 말의 가치를 찾
아 망명자처럼 헤매고 있는 시인. 말을 모르는 인류 최초의
시인이 풀밭을 걷고 있다.

그는 지금도 걷고 있다

그곳에서 일어나는 사건은 그곳에서 일어날 수 없는 것이 틀림없다.

그가 들어선 길은 걸을수록 조금씩 목적지에서 멀어지는 수상한 길이었다. 그것은 문제는 있어도 해답이 없는 방정식 같았다. 그는 주어진 근원적인 모순에서 탈출하기 위하여 견고한 얼음 두께 밑을 흐르는 물길처럼, 경험의 한계 넘어 더 멀리 걷지 않으면 안 되었다.

사나운 눈보라에 가려 시의 정체는 보이지 않았다. 눈보라보다 더 지겨웠던 길. 끝나지 않는 끝이 바로 도착점이던 길. 어떠한 언어도 그곳에 닿을 수 없는 불합리의 길.

그는 이제 구릿빛 육체를 벗어 던진 혹한의 의지다. 그는 회의의 눈보라와 정면으로 맞서는 자각적인 방향을 선택한 한겨울 사상이다. 얼어붙는 서쪽 하늘에 아슬아슬하게 묻어 있는 먼 노을 자국처럼 희박한 시의 단서를 걷고 있는 위기의 사상이다.

그는 쌓인 눈을 밟는 뿌드득 소리의 저항을 동력으로 오직 걷기 위하여 걷고 있다. 길을 잃었던 것은 폭설에 노출된 시베리아 침엽수림 짙은 안개밭에서 사물의 윤곽과 함께 발바닥의 고독을 잃어버린 때였다. 논리의 질곡을 벗어나는 환한 은백색 지평선에 대한 무지에서였다.

지난해의 새

암울한 구름 두께 바깥에 눈부신 햇빛이 쏟아지고 있듯 지상에서는 세차게 눈이 내리고 있다. 눈이 내린 숲에서 들었던 것은 가지 위에 쌓인 눈의 두께가 그대로 텁석 떨어지는 소리와 반짝임을 숨긴 흰 무게를 견디지 못한 마른 나뭇가지 부러지는 소리였다.

숲에서 가장 키가 큰 나무 우듬지 위에는 언제나 지난해의 새가 한 마리 솟대 새처럼 움직임 없이 앉아 있다. 침묵이 깃든 바람 소리에 귀 기울이고 있는 듯 지난해의 자세 그대로 날개를 접고 있다. 날개를 젓는 새가 없으면 하늘을 알기 힘들듯, 잎 진 알몸나무가 없으면 숲을 알기 힘들다.

그칠 줄 모르는 눈이 내리는 숲에서 지루한 하늘은 너울지는 바람에 밀려 날개를 가진 기억처럼 멀리 펼쳐진 궁륭 언저리에서 진눈깨비 내리는 소리가 되고 있었다. 다른 소리와 섞일 줄 모르는 차분한 음색 반짝임이었다.

사람 발자국 소리를 잊어버린 한겨울 숲 한가운데서 들

었던 것은 흑갈색 회초리 가지 끝 비좁은 틈새를 비집고 지나는 영하의 눈바람 소리 따가움이었다. 지난해의 새가 남긴 최후의 지저귐의 메아리였다.

경주 인상

저 모서리를 돌면 바람이 빛나는 보리밭이 있고, 왕릉의 부드러운 비탈 자락에 듬성듬성 소나무들이 서 있고 고풍스러운 밤색 말은 벌써 달려가버리고 없을 것이다. 휘어진 기와집 처마가 섬처럼 하늘에 떠오르고, 미닫이 방문이 반쯤 열려 있는 초가집 한 채 멀리 있고, 더 멀리 흰 석탑 한 그루 달빛 그늘처럼 호젓하게 서 있을 것이다.

흔적이 실체를 앞서는 장소에 선다. 눈으로 분명히 만져 본 것이 고향 하늘처럼 아득히 먼 것이 되어, 다시 아른거리는 위험한 지평선으로 변신하는 역사의 민얼굴을 만나러, 논두렁길을 걷고 있는 행인의 걸음걸이 세참은 보이지 않을 것이다.

사라진 시간의 현장에 서려 아득한 낯선 고장 걸음이 되는 그의 무모한 접근에 유적을 건너는 억새 바람으로 응답하는 냉혹한 그의 목적지. 얼비치는 유혹으로 있으면서 끝까지 도착을 허용하지 않는 목적지.

지금 내 눈길을 달리 옮겨도 소용없다. 내가 보고 있던 그 순간, 내가 보고 있던 풍경이 벌써 내가 되었기 때문이다.

나비

1.

네팔에서는 하늘이 더 가깝다. 하늘은 흰 눈의 고향이다. 얼어붙는 적설 위에 내려앉는 한 마리 나비. 어딘가 낯선 고장에서 부화한 나비는 한 번도 본 적 없는 고향에 반듯이 돌아 온다. 기억 이전의 아득한 선대의 시간을 나비는 난다.

2.

회남재 오솔길 풀숲에 조용히 내려 앉는 적갈색 네발나비에게 나는 어떤 빛깔과 윤곽의 얼룩으로 비쳤을까. 인간이 보지 못하는 파장이 그려내는 세계를 사는 나비의 시야는 나의 감각 바깥에 엄연히 실재한다. 한 마리 늑대가 밤하늘 달을 쳐다보고 혼자 짖는 것은 인간이 듣지 못하는 여분의 소리를 듣기 때문이다.

3.

여분의 실재를 느끼는 일은 무서운 일이다. 내 감각이 사권 정다운 사물들이 일제히 소나기처럼 일어서서 나에게 힐문한다. 빗소리는 나의 내부를 적시듯 차분하게 인간의 논리를 반성한다. 언어가 침묵에 둘러싸여 있듯, 세계 이전의 캄캄한 익명의 시간에 포위된 나는 어느새 파스칼의 우주를 넘어서서 물에 비친 별빛처럼 떨고 있는 강렬한 절벽의 전율이 된다.

마지막 반전

내복을 갈아입는다. 뒤집어진 내면이 바깥이 된다. 황갈색 위스키가 들어 있을 때 투명한 술병 안은 그대로 안으로 있다. 술을 비운 빈 병에서는 안과 바깥은 경계가 없는 하나가 된다. 안과 바깥이 만나는 계면에 세계가 태어난다. 태어난 세계를 맨 먼저 느끼는 것은 나의 언어다.

희박한 노을이 묻은 어스름이 내려앉는 강의 수면을 뛰어오르며 몸을 뒤집는 피라미의 은빛 번득임은 회전문처럼 안과 바깥이 하나인 것을 몸짓으로 말하고 있다. 논리의 반전은, 바로 눈이 시린 새로운 세계의 발견이다. 우연을 모르는 논리의 엄정은 자기배신의 번득임으로 낯선 풍경을 펼친다.

인간은 생면부지 죽음을 만나는 시간의 기슭에서 바람의 맨발에 밟히는 꽃잎처럼 최후의 반전을 이룩한다. 인간은 단 한 번뿐인 마지막 반전으로 누워서 그의 생을 완성하는 쓸쓸한 짐승이다.

말은 뛰어오르기 직전이다

세계에는 말로 변신하지 않으면 보이지 않는 어둠이 있다. 말은 어둠 속에서 금빛 지평선처럼 모습을 드러내었다.

말은 집단이 아니다. 말은 통계가 아니다. 말은 외롭다. 언제나 한 마리다. 손의 자유를 얻은 최초의 직립인간의 분하고 외로운 캄캄한 목의 어둠에서 최초의 말은 태어났다.

말은 무리를 거절한다. 그러면서 말은 뜨겁다. 최후의 네안데르탈인이 꽃향기에 묻혀 죽으면서 바라본 정갈한 노을보다 격렬하다. 말은 소리의 산맥을 넘어 의미의 툰드라를 건너 숨 가쁜 목소리처럼 달려왔다. 눈 내리는 자욱한 툰드라를 가로질러 뜨거운 눈물처럼 말은 달려왔다.

말은 영락없이 나를 목표로 정면으로 달려오고 있다. 어둠 속 등황색 불빛처럼 점점 커지고 있다. 내가 말을 바라보는 눈빛과 말이 나를 노려보는 눈빛은 서로 부딪쳐 불꽃가루가 되어 흩어진다.

나는 반길 것이다. 말이 내 안으로 뛰어들 때 나는 견딜 것이다. 한 순간 나는 용광로의 뜨거움을 느끼고 얼음이 될 것이다. 나는 목소리가 되지 못한 말과 말이 되지 못한 소리 틈새에서 헐떡이는 육체와 함께 뜨거워질 것이다.

살굿빛 지평선에 역광으로 나타난 말은 변신을 꿈꾸는 내 시의 불모를 조준하여, 황량한 시대를 건너는 유일한 길을 달려온 끝에, 바로 지금 앞발을 치켜들고 한 마리 맹수처럼 내 몸 안으로 뛰어들 최후의 점프를 감행하기 직전이다.

첫 추위 오던 날

벨이 울렸다. 거절당한 희망처럼 한 사나이가 문 앞에 서 있었다. 그 허름한 사나이가 행여 나였을지 모른다. 벨이 울렸다. 내다보니 아무도 없다. 벨을 눌렀던 방문자는 벌써 내가 그 안에 들어설 수 없는 자기만의 장소에서 한 그루 느티나무 모습으로 바람의 투명성 한가운데 서 있다.

인간한테 환멸을 느낀 나무가 초록색 잎새의 꿈을 접고 가린 것 하나 없이 정직한 알몸이 되어 인간의 역사보다 나이든 땅의 한 장소를 자리 잡아, 하늘을 향하여 걷기 시작할 다음 계절을 헤아리는 그때부터 그해 겨울은 어느 겨울보다 춥기 시작했다.

조약돌을 위한 데생 II

1.

조약돌 안에는 창세기의 햇살이 갇혀 있다. 사람들은 그
눈부신 고함 소리를 듣지 못한다.

2.

조약돌은 흩어진 자리에서 저마다 자신을 모나드의 창이
라 생각한다. 조약돌은 저마다 자신의 고유한 이름으로 불
리어지기를 기다리고 있다. 아득히 먼 뜨거운 눈길로 서로
를 바라보고 있는 조약돌. 조약돌은 지금 쓸쓸한 섬이다. 돌
속에는 억제된 울음이 있다. 침묵을 듣는 귀가 있다. 숲이
여, 새여, 바다여, 한때 조약돌은 겨울나무 회초리의 몸부림
이었고 아침의 나뭇가지를 건너는 눈부심이었다. 부서지는
물보라 다섯 가지 빛깔이었다. 날자. 단 한 번의 부름을 기
다리는 날개 잃은 천사처럼 날자.

연주

흐느끼는
트럼펫 소리의
금빛 절정
루이 암스트롱의
두툼한 입술

침묵에 대항하기 위하여
또 다른 침묵을 만들고 있는
번들거리는 검은 피부

땀

또 하나의 벽

돌을 쌓아 올린 벽과
흙과 돌을 쌓아 올린 벽
사이에

또 하나의 벽이 있다

서로 느끼면서도
먼저 말하지 않는

눈에 보이지 않는

두 사람 사이의 그것

절망하지 않는 자신에게
절망한 카프카가

혼자서 이마를 부딪힌

불 켜진

프라하 아파트의 그것

초겨울 날씨

말은

앞으로 달리려는 의지와

제자리에 서 있으려는 의지 사이에

서 있었다

풍만한 엉덩이가 드러내는 야성미에 가려 있던

시원한 한줄기 소나기 소리

젖은 땅바닥에서

김이 났었다

1초의 지각

먹을 담뿍 먹인 붓을 내려찍는 순간의 먹물처럼, 밤하늘을 쳐다보는 순간 벌써 어둠 속으로 번져버린 유성. 태어나는 순간이 바로 사라지는 시간에 겹치는 유성의 깨끗한 수명.

시위를 떠난 화살 그늘이 실체보다 1초 늦게 과녁에 꽂히는 겸손한 지각처럼, 풀잎에 베인 상처가 쓰리기 시작하는 것은 베인 그 순간이 아니라, 여린 풀잎이 선을 그은 살갗에 피가 배어나는 것을 알고부터 한 순간 지나고 나서다.

별똥별 광물질 연소가 1초만 더 늦었으면, 존재가 무에 겹치는 순간을 볼 수 있었을 텐데. 모래시계 안을 천천히 흘러내리는 미세한 모래알 틈새로 존재와 무의 경계를 볼 수 있었을 텐데.

물의 순도

물에는 농도가 없다. 순도가 있을 뿐이다. 사나운 비바람 한가운데서, 강바닥 자갈들이 뒤집어지고 서로 부딪치면서 저글저글 하류로 떠밀리는 때.

은어는 흐린 물살 너머 태어나는 새 물 냄새에 전율한다. 반짝이는 초여름 나무 잎사귀처럼 가만히 있지를 못한다. 온몸을 가늘게 흔든다. 이끼 묻어 미끄러운 자갈돌 위에서 물그늘처럼 출렁이면서 온몸으로 느끼는 싱싱한 새 물 냄새.

시야를 가리는 누런 탁류 좌우로 가르며 물의 순수를 찾는 간단없는 지느러미 움직임으로 한 마리 은어가 종국에 만들어내는 싱그런 수박 냄새.

은어는 벌써 한 마리 물고기만이 아니다. 해거름이면 수면 위에 뛰어오르는 은빛 번뜩임이 아니다. 시원을 향하는 의지다.

은어는 강바닥 모래알 반짝임을 그대로 드러내는 물의

투명과, 암울한 하늘 가장 깊은 데서 소리 없이 내리는 함박눈 눈송이와, 억제된 분노 같은 감정으로 빛나고 있는 견고한 얼음 두께의 구별이 없었던 물의 원형을 향하는 고독한 역류다.

은어는 잔잔하게 불타오르는 초여름 연두색처럼 싱싱한 목숨의 현실이다. 상징이 아닌 베면 피가 흐르는 현실이다.

발가벗은 물은 희다

물은 인적 없는 산협을 덮고 있는 눈처럼 희다. 하늘을 떠도는 갈매기 지저귐 소리 귀 기울이기 위하여, 자신이 눈사태처럼 왈칵 무너지는 소리 귀 기울이기 위하여 푸른 바다가 만드는, 끊임없이 만드는 물결의 흰 부서짐 보라. 섬처럼 떠 있는 4천 톤 군함을 혼신의 힘으로 앞으로 떠미는 선미에서 소용돌이치는 흰 항적을 보라.

비티아즈 해연 검푸른 물빛을 예리하게 가르는 뱃머리가 조심스럽게 이끄는 열대의 항적은 해맑은 햇살 얼어붙는 히말라야 산정 적설 못지않게 적극적으로 희다. 허위를 벗어던진 발가벗은 물은 희다, 옥양목처럼 눈부시게 희다.

아, 눈송이다. 하늘에서 설득처럼 내리기 시작하는 푸근한 눈송이. 물은 눈송이 정결처럼 희다. 멀리 수평선 위에 얹혀 있던 기선이 서서히 움직이기 시작한다.

드디어 세계는 흰 겨울이다.

3부

최후의 사냥꾼

시는 벼랑의 질서다 한 발 헛디디면 그대로 나락으로 떨어지는

아슬아슬한 지점까지 나는 나를 추적했다

날카로운 암벽의 끝자락에 당도한 위험한 언어가

서쪽 하늘 적막을 불꽃처럼 벌겋게

불타오르는 지점까지

세계를 그대로 얼어붙게 하는 극한까지

세계를 직접 전류처럼 느끼는 지점까지

나는 나를 추적했다

육체가 없는 추상이 육성의 탄력이 되는 전환점까지

표정이 없는 기호가 절묘한 은유가 되는 놀라운 아침까지

의미가 조용히 피를 흘리는 암살의 지점까지

언어의 결손이 언어의 사명이 되는 눈부신 반전까지

쓰는 일이 운명에 대한 유일한 저항이 되는 한계까지

나는 내 언어를 추적했다 시는 벼랑의 질서다

위기의 벼랑 끝에 당도한 나는 쓸쓸한 수색대원이다

주제가 없는 생존의 의미를 찾는 추적자

낙동강 하구를 찾아 일직선으로 노을 진 하늘을 횡단하는

한 마리 고니처럼, 새로운 자신의 문체를 쫓아

총을 메고 산으로 들어가는

최후의 사냥꾼이다

남대천 물살 바라보며

나는 싱싱한 동력이다. 탄생의 상처까지 거슬러 오르는 한 마리 연어의 동력이다. 검푸른 수압을 가르는 나의 몸놀림은 깊이의 탈출이다. 가라앉는 별이 샛노란 빛을 내뿜는 북태평양 적막한 깊이를 벗어나는 언어의 절벽이다.

상투적인 대답이 아닌, 대답과의 야합이 아닌 끊임없는 물음을 목숨의 동력으로 삼는 한 마리 연어의 필사적인 귀향. 그 은백색 번득임에서 우러나는 시원의 냄새. 향긋한 남대천 물 냄새에 비치는 설악산 산그늘.

나는 물보라 틈새로 바라본다. 사물의 침묵과 시선이 겨루는 팽팽한 적의를. 정신과 육체가 분절하기 이전의 시간을. 정신이 언어를 낳기 이전의 시간을.

목숨이 사라진 뒤의 부재를. 부재 위에 쌓이는 시간의 적설을. 첩첩이 쌓인 시간의 퇴적암을 물보라에 젖는 눈으로 바라본다.

지층은 출렁이던 불의 흙이 그대로 얼어붙은 시간의 침묵이다. 언젠가 내가 손수 묻었던 내 존재의 단층. 수많은 해돋이 일몰을 머금고 적갈색 흙벽 내부를 밖으로 드러낸 모습으로 내 앞에 치솟아 있는 지구의 기억.

기억을 거슬러 오르는 귀향의 길은 바람처럼 방향과 저항을 가진다. 가을 물든 남대천 물살을 바라보는 나는 역사 이전을 향하는 언어의 동력이다. 한 마리 연어가 몸을 날려 폭포를 뛰어오르고, 지구의 기억을 역류하는 것은 본능이 아닌 목숨의 의지다.

우산을 들고 서 있는 사나이

사람 귀에 도달하지 못하고 떠돌아다니는 말이 구겨진 신문지처럼 비에 젖고 있다.

달이 보이지 않는 뒷면에 숨기는 비밀 못지않게, 말의 그늘을 사랑하는 사나이가 세차게 내리는 겨울비에 젖는 땅바닥 바라보며 도시의 변경 어디쯤 가로수 그늘이 되어 서 있다.

한 해의 소임을 다한 가을 잎사귀처럼 입술에서 떨어지는 말. 인류가 지상에서 절멸하는 그때, 최후의 한 사람이 눈감으며 눈물처럼 흘리는 말.

흔적 없이 사라짐으로 주체성이 처음으로 확인되는 그런 말의 희박한 발자국과 등황색 먼 불빛 번들거리는 노면 바라보며, 펼쳐 든 우산 그늘에 얼굴을 묻은 사나이가 길 모서리에 역광의 침묵이 되어 서 있다.

전달을 스스로 거절하는 고독의 극한을 견디는 말처럼,

모처럼 진눈깨비 섞인 겨울비에 젖고 있는 서늘한 도심의 언저리, 말과 바깥이 만나는 계면에 움직임을 잃은 채 길의 일부가 되어 서 있다.

논리의 상투성을 벗어난 말은 선행하는 어느 이념에도 속하지 않으려 가혹한 고립의 길을 자각적으로 떠돌고 있다. 아름다움이 없었던 우리들 시대의 말 쉬 상처 입고. 굴욕이 될 수 없었던 우리들 시대의 순수했던 의지를 다시 다지는 길목. 독을 마신 세계가 괴로워하던 계절에 알몸으로 맞섰던 우리들 시대의 말.

떠돌던 말이 떠나버린 완벽하게 비어 있는 길. 여태까지 누구에 의해서도 말해진 적 없는 최초의 말이 절로 태어날 것 같은 썰렁함이 서려 있는 길 모서리에 우산을 든 잊혀진 사나이가 말의 절벽처럼 곧추서 있다.

비바람 후려치는 한겨울 풍경을 횡단하는 그의 눈은 영하의 새벽노을에 젖을 때까지 한결 선명하게 깨어 있다.

공포의 앞뒤

1.

찔린다는 공포가 첨단에 몰려 바늘 끝 반짝임이 되는 것처럼, 죽는다는 공포가 기다란 총신 끝 둥근 구멍을 만들었다. 무서움의 절정은 이마 정면 한 곳에 몰려 지워지지 않는 싸늘한 금속성 촉감이 된다.

2.

금속성 촉감이 머문 자리에 둥근 구멍이 생기고 끈적하고 비린 목숨의 액체가 흘러내리는 것처럼, 살아 있는 봄 나무는 가지 끝 가려운 위치에 생긴 구멍에서 연두색 새 촉을 내어 민다.

3.

인간의 혈관 안에 노을빛 전쟁의 공포가 흐를 때 식물의 맥관 안에는 햇빛을 향한 물빛 그리움이 흐른다.

4.

사건을 선행하는 힘의 동태는 눈에 보이지 않는다. 사람이 보는 것은 언제나 교통사고처럼 드러나버린 사건의 결말이다.

고무신 한 짝의 위치

길섶에 버려져 있는 검정고무신 한 짝이 거느리는 침묵의 숨결 소리. 발의 부재를 생각해내려 고무신은 추억의 풍경을 헤아린다. 발바닥에 묻어 있는 끊임없는 갈림길과 결단.

길은 본능적으로 서쪽 하늘에, 절망처럼 번지는 붉은 노을을 찾는다. 해질 무렵 햇빛은 회상의 사금을 뿌린다. 사물의 그늘은 길대로 길어진 끝에 어스름의 한 부분이 된다. 움직임을 잃은 구름에 지저귐을 숨겨둔 채, 새가 둥지로 돌아갈 즈음이면, 길섶에 유기된 검정고무신 한 짝은 자기가 걸어서 당도할 수 없는 먼 세계 바깥을 생각한다. 버려진 고무신 한 짝이 있는 것은 본질적인 망각으로 자신한테서도 잊혀져 있는 것이다.

최후의 풍경

토성의 한 위성에는 영하의 절대온도와 320킬로미터 길이의 죽은 강이 있다. 있는 것은 하늘을 찌르는 융기의 예각과 철저한 무기질의 침묵이다. 시간이 얼어 있는 황량의 극한으로 만들어내는 별빛의 순도는 지구의 감수성을 찾아 우주공간 최단거리를 일직선으로 횡단한다.

인류가 지구에서 사라지는 절망의 그날, 시 쓰기가 운명에 대한 저항을 의미하듯, 가늘게 떠는 한겨울 별빛 바라보며, 말을 잃는 사람들 가운데 외로운 한 사람이 눈물의 수평선에 떠오르는 마지막 풍경을 가슴의 절벽에 새긴다.

최후의 풍경은 바람 소리가 쓰다듬고 지나는 숲이 아니라, 멀리 광야 끝 간 데 곧추서 있는 한 그루 나무다. 온몸으로 바람의 형태를 표현하며 혼자 서 있는 한 그루 나무.

만리장성

1.

휘어지는 성벽 멀리 저무는 지평선 너머를 바라보는 일
꾼 이마에 번지는 땀을 닦고 있는 흉노의 바람. 한 왕조의
고요한 멸망을 바람이 뒤따르고 있다.

폭설을 머금은 채 첫 눈송이 태어나기를 터지기 직전의
울음처럼 자제하고 있는 암울한 산해관山海關 하늘. 저무는
거리 후진 처마 밑 자리에 하릴없이 서서 눈사태 소리처럼
함락하는 흙바람 소리 귀 기울이는 허름한 한 사나이. 벌써
그는 잊혀진 그늘이다. 보이지 않을 때까지 손을 흔들던 아
내와 아이들 목소리 여윈 바람 소리에 묻어 있는 팔달령八達嶺
봉우리. 향수는 북서풍 안에서 들꽃 향기처럼 순수하다.

2.

절대권력이 별세한 것은 여름이었지. 함양咸陽으로 돌아
가는 수레에서 풍기던 소금에 절인 청어 냄새. 곡하며 땅바
닥 치며 길가에 엎드려 수레 지나기를 눈 떼지 못한 허름한
사나이가 속절없이 맡았던 육체의 냄새. 흐르기를 꺼리는
바람에 묻어 있던 멸망의 냄새.

나는 내릴 수 없었다

목이 쉰 기차는 세차게 눈이 내리고 있는
자작나무 숲을 헤치고 있었다
성애 낀 창 넘어 풍경은 얼어 있었다
나는 비좁은 통로를 앞쪽으로 걷고 있었다
통로는 끝이 없었다
기차는 서지 않고 달리기만 했다
나는 내릴 수 없었다
차장도 없었고 승객도 없었다
아무도 없이 비어 있는 기차
내 혼자 타고 있는 비어 있는 기차
나는 내릴 수 없었다
창밖에서 다시 눈이 내리고 있을 뿐
나는 중도에서 내릴 수 없었다
나는 끝없이 긴 통로를
앞쪽으로 걷고 있었다
앞으로 달리는 기차 안에서 앞으로 걷는 나는
러닝 머신 위를 달리는 걸음을 생각하며
푸른 산 넘는 구름을 생각하며

중도에서 내릴 수 없었다
내 의사와 무관히 벌써 이 열차를 타고 있던
나는 내릴 수 없었다
시작과 끝을 모르는 대로
내릴 수 없었다
통로는 끝이 없었다

50년의 증거

빛바랜 책장 위에 검은 머리칼 한 올 떨어져 있다. 불면의 백지 위에 흩날리던 활자의 낙엽, 책장 넘기는 소리에 묻어나던 회의와 긍지가, 신선하고 괴로움 많던 푸른 시절 페이지 안에 고스란히 살아 있다.

감동의 물결 일던 밑줄 친 행간에 어느새 쌓여 있는 순백 눈 두께의 시린 반사. 아침햇살 내려앉는 적설 표면에서 가루눈이 일어서서 사르르 몇 발자국 움직인다. 개 짖는 소리 멀리 들리던 등황색 불빛 그늘에서 밑줄 긋던 감동의 행간에서 일던 50년 전 바로 그 바람이다.

바람의 텍스트

바람은 풍화한 절벽의 표면을 따라 태어난다. 바람의 손이 모처럼 바깥으로 드러난 지구의 살을 부드럽게 쓰다듬는 것을 보았다.

초여름 하늘에 날아올랐던 아카시아꽃 향기가 비켜선 나무의 키 높이쯤에서 흰 꽃잎처럼 몇 바퀴 선회한 끝에 길바닥에 어지럽게 깔리는 것을 보았다.

보이지 않는 바람의 실체를 보기 위하여 길바닥에 펼쳐진 낭자한 꽃잎의 무질서를, 나는 나의 운명이 나를 지켜보듯 한동안 바라보았다.

지나가는 것 안에서 영원의 모습을, 현상 안에서 이데아의 윤곽을 잡아보려 한동안 바라보았다.

응시가 응시가 아닌 것이 되는 그 순간, 바람의 흔적 한 자락이 보이기 시작했다. 바로 언어가 끝나는 경계였다.

바다의 이유

처음에
그것은 갈맷빛 부피로 달려와서
쓰러졌다
물은 천의 몸부림으로 부서지면서
일어서려 했으나
다시 쓰러졌다
스스로의 절망으로 쓰러지고 있는
자기自棄의 바다
수없는 죽음을 몸부림치면서
수없는 부활을 몸부림치면서
일어서려 했으나
냉혹한 낙차처럼 쓰러지는 물
물은 스스로의 허무로
다시 일어서지만
일어서기 위하여 쓰러지지만
물은 목마름처럼
다시 쓰러지고 있다
안드로메다 성운의 블랙홀 저 켠에서

밤도 낮도 없는 그 절대공간에서
물은 온몸으로 일어서려고
다시 쓰러지고 있다

의자의 어스름

하늘은 쳐다보지 않아도 언제나 그 자리에 있다. 하늘이 이따금 불안한 것은 구름의 윤곽이 언제 무너질지 모르기 때문이다. 날개를 젓는 철새 눈길이 보는 것은 구름이 아니라 비어 있는 하늘의 경계다. 구름의 표류를 위하여 하늘이 경계가 없는 지금의 자리에서 움직일 줄 모르듯, 의자는 지친 인간의 발걸음이 찾아들기를 기다리며 이따금 썰렁한 바람 소리가 지나는 인적 없는 길가에서 움직일 줄 모른다.

의자는 지금, 한 그루 나무처럼 땅을 붙들고 있는 자기의 운명을 조용히 생각하고 있다.

서서히 어스름이 내려앉는 지금, 의자는 오랜만에 자기 몸을 살펴며, 있다는 것은 공간의 일부를 차지하는 것이 아니라, 부피의 범주를 넘어선 질의 차이가 되는 일이라는 생각에 잠겨 있다.

아니다.
이름 없는 꽃맹아리 안에 숨어 있던 바람 이전의 기다림이 낙화와 함께 바람이 되는 것이다.

회전문 단상

　백화점 회전문이 서 있는 나를 아슬아슬하게 빠져나가듯이, 한 발자국 문이 그리는 원둘레 안에 들어서면 나는 물보라 뿜으며 내 앞으로 다가오는 정면의 속도가 느닷없이 돌아서서 뒷모습이 되는 시간의 형상을 만나게 된다.

　한 사람이 회전문 안으로 들어서고 동시에 한 사람이 바깥으로 빠져나가는 효율보다 탄생이 동시에 죽음의 시작이 되는 뜻밖의 은유의 현장에 들어선 나는 엘리베이터를 타고 연기처럼 조용히 하늘로 올라갈 다음 절차를 생각한다.

이유를 느끼다

응고한 불을 가슴에 안고 돌들이 뒹굴어 있다. 가뭄에 드러난 강바닥. 앙상한 논리의 노출. 싱싱한 5월의 유역을 찾아 용감하게 범람했던 기억과, 분홍색 꽃 피던 봄 풍경의 일부로 있었던 황홀한 회상 사이 비좁은 틈새를 살아남은 물이 간신히 흐르는 시늉을 하고 있다. 침을 발라도 다시 말라붙는 물의 입술.

입김 바로 흰 성에 되어 서리는 혹한의 강기슭에서, 얼음장 밑을 흐르고 있는 물의 이유를 느낀다. 강바닥은 이별을 모르고 있지만 물은 순간순간 이별을 실천하고 있다. 언제나 이유를 따지고 드는 논리여! 갈라서자, 이제 우리 눈 내리는 아침처럼 정갈하게 헤어지자.

밀밭에서

한 알 모래알이 뿌옇게 부서지는 검푸른 바다 물결을 불러오듯, 한 알 밀알은 역사 이전의 적막한 시간을 불러온다. 인류의 역사보다 긴 밀알 한 알의 역사. 그 여문 열매 안에서 시간이 구름처럼 조용히 흐르고 있다.

시작이란 언제나 끝의 시작이다. 끝의 끝이 없는 것처럼 시작의 시작은 없다. 한 알 밀알에서 아득히 들려오는 건조한 황갈색 물결 소리. 아, 가을의 바람이 보인다. 숨 막히는 늦더위에 떠밀리는 구름. 움직임을 잃은 밀밭 위를 바람이 까마귀 떼처럼 낮게 낮게 날개를 젓고 있다. 내가 듣는 것은 보일락말락 물결치며 멀리 사라지는 밀 포기 긴 잎새 서걱임 소리.

밀알 한 알의 가벼움 안에 고여 있는 슬픔의 깊이. 그가 어루만졌던 최후의 슬픔. 비유가 아닌 슬픔의 진실. 불현듯 솟구치는 밀밭에 대한 그리움으로 화구를 메고 붉은 흙길을 걷는 한 화가의 마지막 발자국 소리.

장밋빛 구름이 하늘에 피를 흘리듯, 옆구리에서 피를 흘리며 쓰러진 그의 눈시울 안에 비친 영혼의 빛깔. 뒤에 남는 것은 바람도 없이 본능처럼 물결치는 밀밭의 황갈색. 따가운 햇살에 익고 있는 그의 최후의 가을.

　아, 빈센트 반 고흐. 그의 풍경은 묻고 있다. 우리들은 언제까지 자신의 숙명과 싸워야 하는가를, 그가 헤어졌던 가혹한 가을처럼 조용히 묻고 있다.

갈릴레이의 해명

마른 낙엽 한 잎 낯선 로마 거리에서 구르는 썰렁한 가을
의 끝자락과 잎사귀들이 떠난 가로수 잔가지 끝에서 황량
한 바람 소리 태어나는 명석한 겨울 들머리가 팔을 뻗쳐 손
가락 끝이 아슬아슬하게 닿을 듯 말 듯하기 때문에 광활한
하늘에서 지구는 형벌처럼 돌고 있다.

낙동강 하구에서 바라보는 김해 쪽 나지막한 구릉지대
의 윤곽을 날카롭게 도려내는 노을의 선홍색과 이름 모를
한 호젓한 동해 앞바다 수평선을 금빛으로 물들이는 아침
노을의 복사꽃빛이 하늘 어디에선가 서로 끌어안기 때문에
지구는 남북회귀선 사이에서 오직 돌기 위하여 돌고 있다.

4부

바람에 관한 노트

1.

계절에 따라 달라지는 바람 소리의 차이를 느끼는 고막처럼 바람에는 두께가 없다. 바람은 바깥의 넓이를 확인하려 투명한 표면뿐인 자신의 피부를 세계의 표면에 밀착시키려 한다. 촉감으로 세계를 이해하려는 바람은 육감적이기보다 신화적이다.

2.

최초의 바람은 내 언어의 절멸을 시도하던 북국의 한겨울 바람이었다. 세계를 얼어붙게 하는 그 바람은 불손했지만 비천하진 않았다.

3.

바람은 대륙과 바다, 평야와 강을 알몸으로 쓰다듬으며 아득함과 가까움 사이에서 수평에 길든 자신을 잠시 후회한다. 높이와 깊이의 지형에 깃든 수직을 발견한 다음의 잠시였다. 바람은 새로워지고 싶다. 시처럼 끊임없이 자신을 바꾸려 한다.

4.

바람의 기복은 계속된다. 천년의 인내. 바람의 기복은 계속된다. 끊임없는 물결 같은 기복. 여름 동안 시원함이었던 그것. 바람에는 방향과 속도가 있지만 그늘이 없다. 바람은 아직 낯선 사상이다.

5.

섬을 휩쓰는 바람의 역습과 검은 구름의 사나운 움직임을 사랑하려 했다. 예상대로 바람은 격렬하게 흐르고, 헝클어진 머리칼 사이에서 우리들 도시의 상투적인 그늘을 깨끗이 쓸어내려 한다.

6.

바람은 언제나 헤어지기 직전의 절박한 이유로 있다. 바람은 멀리 떠나고 싶다.

7.

세계의 중심을 바람이 지난다. 바람은 아침처럼 부신 또 다른 공략을 꿈꾸고 실천한다. 마침표를 모르는 운동으로 살아 있는 바람은 시야의 경계 너머를 지향하는 끊임없이 새로운 수사법이다.

삼랑진 철교 곁에서

　노을빛 능소화 꽃 두 송이 찻집 간판 밑에 떨어져 있었다. 보이지 않는 곳에서 빠르기 때문에 보이는 흐름은 유난히 조용했다. 철교를 조준하여 쏟아져 내린 햇살은 일부 수면에서 부서지고 있었다. 수면에서 튀어 오른 빛의 분말은 이미지였을까. 기억이었을까. 철교를 먼저 건넌 기관차는 맨 끝 차량이 철교를 건넌 것을 어떻게 알아차릴 수 있을까. 무게가 없는 보릿짚 빛깔 반짝임은 물 위에 뜬 채 강 건너 생림 쪽 풍경처럼 가늘게 떨고 있었다. 광년의 여행 끝에 의젓한 물길 위에 몸을 던지는 햇살의 최후는 신선하고도 침착했다.

　사람은 풍경을 공유할 수 있지만 심연은 나누어 가질 수 없다.

그늘에 관한 노트

1.

그늘은 밤새 바닷물에 감은 불꽃 머리칼을 흔들며 수평선을 차고 솟아오른 에너지로 하늘을 회전하는 태양이 아득히 먼 지구를 조준하여 던지는 엷고도 엷은 평면이다.

그늘의 바탕인 지구 자신의 그늘은 기하학적으로 있지만 그것을 본 시선이 없다. 지구의 그늘은 좌표로 잡을 수 없는 비어 있는 넓이 어디쯤에서 황홀하게 사라지고 만다.

사라지는 것은 우리들 시대가 아니고 우리들도 아니다. 한정 없는 넓이 안에서 다시 만나는 것은 감각과 인식이다. 감각과 언어다.

2.

그늘에는 내장이 없다. 그늘은 오직 엷다. 엷음의 극한을 초월한 엷음에는 무게가 없다. 그늘은 면적이다. 면적에는 두께가 없다. 그늘은 지도처럼 장소에 집착한다. 그늘은 높낮이가 없는 뚜렷한 윤곽만으로 자신을 표현한다. 그늘은 모든 색체를 섞으면 생기는 희박한 잿빛이다.

　내가 내 육체를 가지듯 나는 내 그늘을 가진다. 내 그늘은 나에게 밀착한다. 그늘은 스스로 먼저 움직이기를 체념한 슬픈 운명이다. 내가 일어서면 그늘은 자동기계처럼 면적을 조절하면서 따라 움직인다. 눈부신 불꽃 덩어리가 하늘 한가운데에 자리하는 정오가 되어 내 발바닥에 밟힐 때까지 그늘은 자신의 축척에 따라 넓이를 줄인다,

　3.
　그늘은 부피가 없는 물상으로, 자신의 뿌리인 태양의 직사광선을 실천적으로 거부하는 쓸쓸한 저항이다. 우리들 내부를 싱싱한 하나의 계절이 지난다. 새로운 계절과의 만남을 틈타, 5월의 가로수 잎새에서, 먼바다 표면에서 미래를 예감한 그늘은 추억의 경계를 드러내며 겨울하늘 별빛처럼 가늘게 떨며 반짝인다. 세계는 조금 느슨하고 지나치게 넓고 선선하다.

내 시선은 어둠의 넓이 바깥에서 아무것도 보이지 않는 또 하나의 눈빛으로, 비어 있는 세계와 나를 잇는 내 육체의 펄떡이는 현실이 된다.

살에 대해서

살이란 이상한 물질이다
그것은 위에서 아래로 처지기도 하고
그것은 옆으로 퍼지기도 한다
그러면서도 살은 수은처럼 안으로 수축한다
살은 석탄처럼 딱딱하지 않다
살은 물처럼 투명하지 않다
살이란 물질의 이상한 형상形相이다
살이 가지는 바다의 일렁임
살이 가지는 부드러운 저항
나는 살의 그런 속성을 사랑한다
신의 젖가슴 밑에 숨어 있는
캄캄한 밤의 부피
살은 용암처럼 서서히 흐른다
살의 윤곽에서는 이따금 눈사태가 진다
자욱히 지는 눈보라

맨발의 바다

　밤새 사나웠던 폭풍우 지난 뒤의 민낯 바닷가에서, 허리를 굽혀 자기 운명의 표류물을 줍고 있는 사람을 만난다. 그의 발바닥이 밟고 있는 바다의 아침.

　운명을 사랑하는 고독의 극한을 견디어낸 눈부신 그의 맨발.

지명은 별빛처럼

달을 보고 짖는 늑대 울음소리 이따금 자작나무 숲 언저리에서 들리고, 사방이 눈이 시리게 얼어 있던, 우랄. 달빛 얼어붙은 순백의 설원 위에서, 잠시 뒤돌아볼 때 가장 먼 것보다 더 먼 것부터 먼저 가까워지기 시작하던, 아, 우랄.

풍경이 이름을 얻어 지명이 된다. 지명은 발이 닿지 않는 멀리 있어서 걸어도 걸어도 거리가 줄어들지 않는다. 하르르 발바닥은 뜨겁고 한겨울 우랄처럼 멀고 멀었다. 풍경은 이름 지어지는 순간 실체를 잃어버린다. 지명은 실체가 없는 아득한 그리움이다. 지명은 가혹한 안타까움으로 마음의 지도 위에 살아 있다. 발과 그리움의 틈새를, 문명의 유배지를 나는 피로의 극한까지 비집고 찾아드는 나그네다.

사람들은 저마다 하나의 지명을 가슴에 안고 사는 난민이다. 돌아가야지. 기어코 돌아가야지. 시를 버린 시인이 남긴 바람의 발자국을 바람도 없이 일어선 밀가루보다 미세한 잔모래가 덮는 사막의 아득함. 아, 하르르. 시는 그거 떠난 빈 자리에 아직 살아 있는가. 숨 막히는 뜨거움 안에서 꽃잎처럼 지고 있는가. 지명은 애처로움의 극한으로 언제나 사람들 파토스의 지도 위에서 겨울 밤하늘 별빛처럼 떨면서 반짝인다.

눈부신 절벽

역사는 젊고 신선한 감수성의 운명이었다. 초겨울 산협에서 흩날리는 낙엽처럼 헤매었던 너. 언어의 슬픔을 최후의 근거로 삼았던 감수성은 바다를 건너온 카키색 빈 드럼통 어지러운 상차림을 둘러싸고, 독을 마신 세계의 미래에 대해서, 쌓여가는 병참물자의 용도에 대해서 토론했던 스산한 시대의 변방이었다. 그렇다! 결론에 이르지 못한 채 미완의 가정만으로 헤어졌던 너와 나의 도시.

너의 절망은 아무것도 보지 못하는데, 최후의 철새 한 마리 적막하게 불타오르고 있는 가을을 일직선으로 횡단하고 있다.

새가 지난 자리에서 떠오르는 하늘 냄새. 날개가 하늘에 속하는 정신일 때, 날개에 매달린 육체는 불타는 가연성 물질이다. 육체는 불이 되고, 재가 되고, 연기가 되어, 하늘과 땅 사이를 표류한다. 땅에서는 죽음에 견줄 만한 가치를 찾기 힘들지만, 육체는 이따금 배고프고, 물질 안에 물질로 태어난 슬픔이 있고 생식이 있고 죽음이 있는 땅을 사랑한다. 불탄 언어의 재가 시의 아궁이에서 따뜻한 땅을 사랑한다.

오르페우스의 노래가 끝나는 황량한 광야를 건너면 나는 사는 일과 죽는 일을 동시에 사는 시의 한 행이 된다. 나는 새로운 세계와의 접점을 찾아, 낯선 지평선 너머를 건너는 미래의 바람이다. 나는 끝이 없는 시작처럼 걷는 걸음이다. 나는 얼음장 밑을 흐르는 물소리 얼어붙는 아무르의 숲을 가로지르고 잔잔한 미열을 앓는 하를르의 사막을 횡단하는 의지다. 육체의 옷을 벗어던지는 순수한 의지다. 슬픔의 극한은 의지가 되고 만다. 제자리에 멈추어 서는 일은 시를 죽이는 일이다. 낙화직전의 선홍색 모란꽃처럼 화려한 상처가 되는 일이다.

내가 모르는 사람들이 지구의 어딘가에서 그들 언어로 은백색 우라늄이 사라진 자리에서 떠오르는 여린 별빛을 돌에 새기고 있다. 누군가 젊은 정신은 아시아 대륙 동쪽 끄트머리 태평양 언저리에 떠 있는 한 반도에 사는 책임을 가슴의 돌에 새기고 있다.

하늘과 땅의 계면에 서 있는 나는 펄럭이는 바람 소리다.

아침노을에 젖는 벼랑 끝에 서서 전율하는 나의 언어는 태양을 정면으로 반사하는 가슴팍 우랄 알타이 청동거울처럼 눈부신 고독한 인식이다. 시대의 슬픔을 품는 장대한 시의 넓이에서 치솟는 수직의 고독이다.

'수직의 고독'으로 사유하는 존재 생성의 역설

유성호

(문학평론가, 한양대학교 국문과 교수)

1.

허만하許萬夏 선생의 시는 우리 시단에서 첨예하게 외따로운 음역音域이다. 선생의 시는 우리 시단의 주류인 서정, 참여, 실험의 어떤 영역에도 귀속되지 않는 언어적 자의식으로 충일하다. 언어 자체에 대한 철학적이고 본질적인 탐색과 함께 선생의 시에는 우리 시단에서는 좀처럼 만나기 어려운 일종의 형이상학적 전율이 두루 착색되어 있다. 선생은 시가 가벼운 위안이나 강렬한 참여나 파괴적 실험이 아니라, 내면으로의 한없는 깊이를 획득하면서 동시에 한계 바깥을 상상하는 활달한 스케일을 견지해야 한다고 생각한다. 그렇게 다가간 '시원始原의 질서' 앞에서 깊이의 투시와 바깥의 예감, 그리고 그것에 대한 근원적 두려움과 황홀을 낱낱이 보여준다. 물론 이러한 선생의 개성이 이번 시집에서만 도드라지는 것은 아니다. 어쩌면 그것은 선생이 다시 시를 시작했던 기념비적 지표인 『비는 수직으로 서서 죽는다』(솔, 1999)에서 연원하여 지금까지 한결같이 심화되어온 것이라고 해야 할 것이다. 다만 그것이 이번 시집에서 가없는 폭을 거느리며 확장되고 있을 뿐이다. 그만큼 이번에 펴내는 일곱 번째 시집 『언어 이전의 별빛』은, 허만하 시학에서는 오롯한 자기 심화를 이어간 성과이고, 한국 시의 광맥에서는 극점의 빛을 뿌리는 미학적 성취가 아닐 수 없을 것이다. 선생은 이처럼 언어 자체에 대한 본질적 탐색과 형이상학적 인간 이해를 통해 새로운 존재 생성의 드라마를 역동적으로 보여준다. 이제 천천히 그 존재 생성의 역설 안으로 한 걸음씩 들어가보도록 하자.

2.

허만하 시는 한결같이 언어에 대한 순도 높은 자의식을 견지하면서, 언어의 깊이와 바깥을 동시에 사유하는 메타 시편의 외관을 취하고 있다. 그가 펼치는 시의 존재론은 일차적으로 언어와 사물의 경계에 놓여 있다. 이러한 사유 방식은 '시인'의 존재 방식에 대한 탐구로 이어지는데, 시인은 사물과 언어의 경계를 사유하면서 그 결실들을 일종의 형이상학적 충동에 얹고 있다. 그것이 얼마나 고되고도 근본적 Radical인 작업일지 우리는 충분히 예감할 수 있다. 하지만 시인은 "시의 힘은 오로지 그 고립에 있다. 나를 시인으로 길러준 정신의 변방에 감사한다"(「머리말」)라고 말하고 있거니와, 이렇게 그를 키운 것은 '고립'과 '변방'의 진정성이었다고 할 수 있을 것이다. 그 고립된 변방에서 탐색해가는 언어의 진경進境을 들여다보자.

발단은 언어가 없는 짐승의 눈빛이었다. 내가 본 것은 이름이 아닌 사물 자체였다. 이름과 사물의 틈새에서 풀잎 위를 구르는 이슬처럼 태어나는 시. 이슬 표면에 묻어나는 무지개처럼 잠시 이승에 머물다 다시 없는 것으로 돌아가는 목숨.

(……)

언어의 침략이 없었던 야생의 발견. 그것은 복원이 아닌 발명이다. 무너지고 있는 도시에서 멀리 떨어진, 역사 이전의 풀밭을 한 시인이 원시인처럼 알몸으로 걷고 있다, 빙하기에서 불어오는 투명한 바람에 일제히 쏠리는 풀의 무성한 가운데를 횡단하고 있다. 주검을 들꽃에 묻었던 아, 네안데르탈인. 언어의 운명을 초월한 번득이는

말의 가치를 찾아 망명자처럼 헤매고 있는 시인. 말을 모
르는 인류 최초의 시인이 풀밭을 걷고 있다.

　　　　　　　　　　　　　　　　　—「그 역은 지금」전문

　여기 나타나는 '시인'의 속성은, 허만하 자신이 시종 추구
해온 '시인 됨'의 상像이자, 시인이라면 마땅히 가닿아야 할
이상적 모습이기도 하다. 가령 그것은 "언어가 없는 짐승의
눈빛" 혹은 "이름이 아닌 사물 자체"에서 발원하여, "이름과
사물의 틈새에서 풀잎 위를 구르는 이슬처럼 태어나는 시"
를 희원하는 모습으로 나아간다. 물론 그 "회한 없는 목숨"
은 잠시 머무르다 사라져갈 것이겠지만, "피로의 극한에서
다시 날개를 젓는 목숨"으로 다시 시인의 존재론을 이어가
기도 한다. 이때 "언어 이전의 바깥과의 단 한 번의 대면을
위하여" 우리가 만나게 되는 '짐승/사물/이슬/날개/본능/
절규' 등의 이미지군群은 하나같이 "언어의 침략이 없었던
야생의 발견"을 가능케 하는 "복원이 아닌 발명"의 장치들
인 셈이다. 여기서 "언어의 운명을 초월한 번득이는 말의 가
치"는 시인이 언어의 망명자처럼 찾아야 하는 최종 기율이
자, "말을 모르는 인류 최초의 시인"으로서 호환할 수 없는
귀납적 속성인 셈이다. 그렇게 시인의 길이란, "산정에서는
하늘이 바람에 떠밀리며 펼친 푸른 날개의 넓이 바깥에서
부서지는 흰 물결소리를 내고 있을"(「하늘의 물결소리」) 풍경

을 선명하게 인화하면서 "어떠한 언어도 그곳에 닿을 수 없는 불합리의 길"(「그는 지금도 걷고 있다」)을 함축하고 있는 것이라고 할 수 있을 것이다. 융융하고 아득하다.

시는 벼랑의 질서다 한 발 헛디디면 그대로 나락으로
떨어지는

아슬아슬한 지점까지 나는 나를 추적했다

(……)

위기의 벼랑 끝에 당도한 나는 쓸쓸한 수색대원이다

주제가 없는 생존의 의미를 찾는 추적자

낙동강 하구를 찾아 일직선으로 노을 진 하늘을 횡
단하는

한 마리 고니처럼, 새로운 자신의 문체를 쫓아

총을 메고 산으로 들어가는

최후의 사냥꾼이다

—「최후의 사냥꾼」 중에서

이 작품에서도 시인은 '시'에 관한 메타적 성찰을 이어간
다. 짐작컨대 "벼랑의 질서"인 시를 쓰다 보면 "한 발 헛디디
면 그대로 나락으로 떨어지는//아슬아슬한 지점"까지 가지
않겠는가. 그러면 암벽 끝자락에 당도한 "위험한 언어"는
"불타오르는 지점/얼어붙게 하는 극한/전류처럼 느끼는 지
점"까지 추적해가지 않겠는가. 그렇게 스스로를 치열하게
탐색해온 시인은 '벼랑의 질서'를 통해 추상이 육성이 되고,
기호가 은유가 되고, 결손이 사명이 되고, 쓰는 일이 운명에
대한 저항이 되는 곳까지 '언어'를 추적해간다. 스스로를
"쓸쓸한 수색대원"으로 자임하면서도 "새로운 자신의 문체
를 쫓아//총을 메고 산으로 들어가는//최후의 사냥꾼"으로
서의 위상을 불가피하게 받아들인다. 이러한 시인의 모습은
"침묵에 대항하기 위하여/또 다른 침묵을 만들고 있는"(「연
주」) 존재를 수렴한 것이며, 사물들이 "태어난 세계를 맨 먼
저 느끼는 것은 나의 언어"(「마지막 반전」)라는 확신에 찬 자
의식의 표현이 아닐 수 없다. 이렇듯 허만하의 시는 "시 쓰기
가 운명에 대한 저항을 의미"(「최후의 풍경」)하는 최초와 최
후의 지점을 지남指南처럼 가리키고 있다.

결국 허만하 시인은 '언어'가 다만 삶의 시뮬레이션을 위

한 건조한 기표가 아니라, 현실을 적시摘示하고 넘어서며 동시에 삶의 깊이를 은유하는 양식임을 견고하게 보여준다. 그리고 '언어'라는 것이 자율적인 것이 아니라 다양한 관계에 의해 얽힌 상호 연관적 존재임을 노래해간다. 그는 이러한 사유를 통해 '언어'가 사물의 표면을 뚫고 들어가 근원적인 '존재Sein'에 대한 증언을 가능하게 하는 것임을 알려준다. 그 점에서 그의 시는 내밀한 형이상적 인지와 감각을 통해 새로운 존재 생성을 수행하고 있는 상상적 거소居所가 되고 있다 할 것이다.

3.

두루 알다시피, 한 편 한 편의 작품 안에 구현된 시간은 경험적이고 물리적인 것이 아니라 작품 내적으로 구성된 '미학적 시간'이다. 우리가 '기억'이라 칭하는 것도, 말하자면 지층 심부深部에 남은 화석처럼, 마음이라는 지층에 보존된 미학적 자국이며 흔적이며 표지標識인 셈이다. 시인들은 언어의 고고학자처럼 의식 건너편에 있는 이러한 기억을 찾아 그것을 미학적으로 변형하여 우리에게 건네준다. 그것이 바로 사물에 대한 원초적 매혹의 시선으로 나타날 때, 우리는 그 시선이 향하는 시공간을 일러 '시원의 질서'라고 부른다. 그곳에는 절대침묵을 배경으로 할 때 오히려 윤곽이 뚜렷해지는 "시원의 언어"(「낙엽은 성실하게 방황한다」)가 내재해 있

다. 허만하 시인은 그렇게 야생의 전율을 통해 '시'의 본질을
상상해간다.

> 끊임없이 내리는 눈송이처럼 쌓이는 것은 흙이 아니
> 라 순수한 시간이다. 얼음장 밑을 흐르는 물소리마저, 얼
> 음 위에 쌓이는 눈송이처럼 얼어붙는 빙하시대 시간의
> 순수를 본다. 지구에 인류의 흔적이 각인되기 이전의 깨
> 끗한 시간의 발자국을 본다.

> (……)

> 추억은 멀고도 아름다운 것만은 아니다. 때로는 태풍
> 처럼 격렬하고, 때로는 꽃 피는 계절처럼 잔인하다. 사라
> 진 시간이 지층에 남긴 층리의 창조적 구도를 바라보며,
> 깜빡 물빛 향수에 잠겼다 깨어나는 것은

> 나의 뼈와 살이, 습주조개 화석이 기억하는 아슬아슬
> 하게 치솟은 감청색 물결이 폭발하듯 무너지는 설백색
> 물보라 소리와, 살아남은 최후의 한 마리 매머드가 하늘
> 에 남긴 노을 묻은 마지막 울음소리와 함께, 한때 목숨을
> 모르는 무기질 지층 두께의 한 부분이었기 때문이다.

> ―「지층」 중에서

시인은 기억을 역류하여 시간의 원형에 닿으려 한다. 눈송이처럼 쌓여가는 "시간의 순수"를 바라보는 시인은, 그것이 문명 이전을 함축하는 "깨끗한 시간의 발자국"이라고 상상해본다. 이러한 시간의 순수 퇴적은, 한편 평행선이 되기도 하고, 한편 곡선이 되었다가, 두 평면이 어긋나는 불화를 드러내기도 한다. 하지만 "지층이 그려내는 소묘"를 통해 우리는 지구에 각인된 "시간의 현전"을 마주하게 되며, "잃어버린 시간"을 찾아 끊임없이 아득한 여정을 떠날 수 있다. 그러한 "시간과의 만남"이 바로 시인이 탐색해마지 않는 '지층'에서 가능해지는 것이다. 사라져버린 시간이 잠시 향수에 빠졌다가 깨어나는 순간, 살아남은 최후의 존재자들이 마지막 울음소리와 함께 지층의 일부를 이루고 있기 때문이다.

이렇듯 허만하 시인은 시원의 지층에서 시간의 "고요한 멸망"(「서낙동강 강변에서」)을 바라보고 다른 시간의 틈입 과정을 선연하게 재현한다. 그리고 "시간 이전의 별빛처럼 최초의 표현을 위하여 보일락 말락 섬세하게 떨고 있을 뿐"(「시간 이전의 별빛처럼」)인 존재자들을 일일이 호명하면서 "심연의 깊이를 보는 눈"으로 "나의 모든 것이 속절없이 그 안으로 떨어지는 순수한 깊이"(「거울의 깊이」)를 바라보고 있다. 물론 여기서 '시원'이란 유년기나 이상향 같은 시공간 상태를 지칭하지 않는다. 그것은 우리의 지각으로는 도달하기 어려운 신성神聖의 영역을 내장한 형상이기도 하고, 훼손되기 이전의 정신적이고 영적인 경지를 간접화한 형상이기도 하다. 시인은 그러한 시원의 형상을 일상 속에서 발견하거나 아니면 역으로 그것을 회복 불가능하게 만드는 세상에 대한 비판의 촉수를 일관되게 보여준다. 다음 시편에서도 그러한 시원의 시간이 저류底流에 흐르고 있다.

돌의 충만은 기억한다. 지구와 별이 태어나기 이전에 있었던 비어 있음을.

돌은 무거움과 가벼움을 넘어선 시작을 기억한다. 시작의 무서움을 기억한다.

돌의 무게는 기억한다. 처음으로 바닷물을 만나 김을 뿜으며 지글지글 식어가던 불의 진흙 체온을.

언어가 지배하는 세계를 경멸하면서, 절박한 소식을 전하는 언어처럼 지평선 너머까지 하늘의 구름처럼 움직이고 싶은 돌.

(……)

황폐한 대지에서 살아남아 있는 싱그런 목숨의 섬. 초

록색 바람의 향기가 찾아드는 마지막 목숨의 섬.

　　　　　　　　　　　　　　　　—「돌의 이유」중에서

　　돌에 응결된 오랜 시간을 시인은 "돌의 충만"으로 기억한
다. "지구와 별이 태어나기 이전"은 말할 것도 없이 시원의
시간이다. 비어 있던 것들이 충만으로 채워질 때까지 아마
도 돌은 시간을 쌓고 또 쌓았을 것이다. 돌은 "무거움과 가벼
움을 넘어선 시작"을 기억하고, 처음 만났던 불의 진흙 체온
을 기억하고 있는 것이다. 그렇게 강렬한 태동胎動을 거쳐 온
돌은, 언어가 지배하는 세계를 넘어 지평선 너머까지 움직
이고자 한다. 하지만 "돌은 스스로의 이유"로 존재했을 뿐임
을 알아가고, "쓸쓸한 내부"를 통해 "이곳에 있는 것이 자기
자신이란 사실"을 깨닫는다. 황폐한 대지에서 살아 초록색
바람의 향기로 남은 "마지막 목숨의 섬"이 바로 '돌'의 초상
이었던 셈이다. 이때 '돌'에 퇴적된 것은 "인간이 보지 못하
는 파장이 그려내는 세계"(「나비」)이고, "운명을 사랑하는 고
독의 극한"(「맨발의 바다」)을 견뎌낸 시간의 결정結晶일 것이
다. 마치 "언어에 오염된 적 없는 순결한 바깥"(「대면」)처럼,
"돌 안에 잠들어 있는 시간"(「풀밭과 돌 II」)에는 "억제된 울
음"(「조약돌을 위한 데생 II」)이 출렁이고 있지 않은가. 모두 시
인의 밝은 시선이 가 닿은 "부재 위에 쌓이는 시간의 적설"
(「남대천 물살 바라보며」)이 아닐 수 없을 것이다.

이처럼 허만하 시에서 '시간'이란, 하나의 원형적 흐름으로 경험되고 기억된다. 하지만 시간의 흐름은 그 자체로 객관적 실재가 아니라 하나의 형상적 은유일 뿐이다. 우리가 시간을 의식에서 분절하여 과거에서 현재로 미래로 끊임없이 흐른다는 일종의 형상적 은유를 활용하고 있기 때문이다. 그래서 시간은 사람마다 전혀 다른 기억과 경험 속에서 구성될 수밖에 없고, 시는 이러한 시간 경험을 그 기억의 깊이에 의존하여 형식화할 뿐이다. 그 점에서 허만하의 시는 시간에 대한 기억의 재구성이라는 배타적 특성을 지니면서, 훼손되기 이전의 "언어의 원형"(「눈송이 회상」)을 찾아가는 독자적인 여정에 의해 쓰인다. 그렇게 허만하 시에서 언어와 시간은 불가피한 짝이고, 분리할 수 없는 상호 원질原質이 되고 있다. 그 상호작용 속에서 새로운 존재를 생성해가는 그만의 역동성이 나타나고 있는 것이다.

4.

우리가 시를 읽고 쓰는 것은 우주나 역사에 상상적으로 참여하는 일일 뿐만 아니라, 자신의 경험과 기억에 새로운 탄성을 부여하는 일이기도 하다. 그 점에서 허만하 시인의 이러한 사유와 감각은 삶이 가지는 관성에 일종의 인지적, 정서적 충격을 가하는 미학적 파장으로 다가온다. 시인은 심미적 감각과 우주론적 스케일과 신성 탐색의 지향을 통해 우리에게 그러한 인지적, 정서적 새로움을 가져다준다. 물론 그러한 새로움을 가능케 하는 원초적 힘은 '시'에 있다. 말하자면 시인은 '시'가 "기억 이전의 풍경을 돌 안에 조각"(「풀밭과 돌」)하는 것이고, "원형을 향하는 고독한 역류"(「물의 순도」)를 수행하는 작업임을 고백하면서, '시'를 통한 새로운 존재 생성을 욕망한다.

시를 쓴다. 움켜쥔 만년필 펜촉 움직임 따라 상처를 입는 백지. 피 흘리는 아픔을 호소하는 언어가 아니라, 상처의 의미를 따지는 언어가 아니라, 아름다운 언어에 베인 상처가 그대로 조용히 드러나기를 숨죽여 기다리고 있는 경건한 백지.

설원이 누워 있는 감수성이라면 나는 고독한 망명자의 발걸음이다. 아직 태어나지 않는 미래의 풍경을 경험하기 위하여 인적미답의 은백색 기다림 안으로 눈사태처럼 들이닥치는 침입자가 아니라, 계곡 하나 건너는 데 열흘이 걸리는 봄철 산벚나무 개화기처럼 찬찬히 걸어 들어가는 알뜰한 필연성이다.

새로움은 예민하다. 창조는 맹수에 쫓기는 어린 사슴 뜀박질처럼 절박하다. 백지의 순결한 기다림에는 지평선이 없다. 안과 바깥이 만나는 계면의 자욱함뿐이다. 캄 캄한 하늘에서 희고도 푸근한 것이 치열하게 쏟아지고 있는 자욱함. 잎 진 나무 한 그루 멀리 서 있는 설원의 바 람 소리와 내 발자국 소리 틈새의 숨 막히는 긴장을 백지 는 기억한다. 눈이 시린 영하의 백지는 은백색 침묵으로 가혹을 견딘다. 설원의 끝을 바라보는 얼굴을 후려치는 눈송이의 감촉. 설원은 나의 가장 깊은 피부다.

—「설원은 나의 피부다」 전문

허만하의 시론詩論이기도 할 이 작품은 시 쓰기 과정에 따 라 백지는 상처를 입고, 그 백지 위로 아름다운 언어에 베인 상처가 그대로 드러나기를 기다리는 시간이 흐르고 있음을 노래한다. "고독한 망명자"로서의 시인은 아직 태어나지 않 은 미래의 풍경을 만나러 천천히 걸어간다. 예민하고 절박 한 새로움의 창조는 "순결한 기다림"과 "안과 바깥이 만나 는 계면의 자욱함", 그리고 "설원의 바람 소리와 내 발자국 소리 틈새의 숨 막히는 긴장"으로 가득하다. 그 기억 속에서 '시'가 쓰이는 것이다. 이때 백지는 은백색 침묵으로 가혹을 견뎌가고, 시인은 설원의 끝을 바라보는 얼굴을 후려치는 눈송이의 감촉을 느껴간다. 여기서 '설원雪原'은 가장 깊은 피부로 은유되면서 역설적 존재 생성의 순간을 담아내는 풍 경 역할을 한다.

이렇게 시인은 "말하지 않는//눈에 보이지 않는"(「또 하나의 벽」) 언어를 통해 "나의 사라짐과 새로운 나의 현전이 교차하는 특이한 한순간"(「순간은 표면에서 반짝인다」)을 표현한다. 그것이야말로 "슬픔도 닿지 않는 마음 밑바닥의 깊이"(「대면」)를 보여주며, "한때의 나의 소멸과 지금의 나의 생성이 교차하는 시간의 눈부심"(「물의 시생대」)을 현상하는 순간일 것이다. 그것이 설원에서 가능한 것은, 시인이 "낯선 바깥의 발자국을 무구한 설원처럼 기다리고 있을 것"(「바깥은 표범처럼」)이기 때문이다. 그렇게 그에게 '시'란 "지나가는 것 안에서 영원의 모습을, 현상 안에서 이데아의 윤곽을 잡아보려"(「바람의 텍스트」) 하는 불가능한 몸짓인 셈이다.

역사는 젊고 신선한 감수성의 운명이었다. 초겨울 산협에서 흩날리는 낙엽처럼 헤매었던 너. 언어의 슬픔을 최후의 근거로 삼았던 감수성은 바다를 건너온 카키색 빈 드럼통 어지러운 상차림을 둘러싸고, 독을 마신 세계의 미래에 대해서, 쌓여가는 병참물자의 용도에 대해서 토론했던 스산한 시대의 변방이었다. 그립다! 결론에 이르지 못한 채 미완의 가정만으로 헤어졌던 너와 나의 도시.
너의 절망은 아무것도 보지 못하는데, 최후의 철새 한 마리 적막하게 불타오르고 있는 가을을 일직선으로 횡단하고 있다.

새가 지난 자리에서 떠오르는 하늘 냄새. 날개가 하늘에 속하는 정신일 때, 날개에 매달린 육체는 불타는 가연성 물질이다. 육체는 불이 되고, 재가 되고, 연기가 되어, 하늘과 땅 사이를 표류한다. 땅에서는 죽음에 견줄 만한 가치를 찾기 힘들지만, 육체는 이따금 배고프고, 물질 안에 물질로 태어난 슬픔이 있고 생식이 있고 죽음이 있는 땅을 사랑한다. 불탄 언어의 재가 시의 아궁이에서 따뜻한 땅을 사랑한다.

(……)

내가 모르는 사람들이 지구의 어딘가에서 그들 언어로 은백색 우라늄이 사라진 자리에서 떠오르는 여린 별빛을 돌에 새기고 있다. 누군가 젊은 정신은 아시아 대륙 동쪽 끄트머리 태평양 언저리에 떠 있는 한 반도에 사는 책임을 가슴의 돌에 새기고 있다.

하늘과 땅의 계면에 서 있는 나는 펄럭이는 바람 소리다.

아침노을에 젖는 벼랑 끝에 서서 전율하는 나의 언어는 태양을 정면으로 반사하는 가슴팍 우랄 알타이 청동

거울처럼 눈부신 고독한 인식이다. 시대의 슬픔을 품는
장대한 시의 넓이에서 치솟는 수직의 고독이다.

—「눈부신 절벽」 중에서

　허만하 시학을 우뚝한 형상으로 공간화하고 있는 이 시편
은 "눈부신 절벽"에서 상상하고 씌어지는 '시'에 대한 경험
적, 메타적 사유의 결실이다. 일찍이 '벼랑의 질서'로서의 시
를 고백한 바 있는 시인은 "높이와 깊이의 지형에 깃든 수직
을 발견한"(「바람에 관한 노트」) 마음의 표백으로서의 시, "어
느덧 보이지 않는//소실점을 향하여"(「그곳에 개울이 있었다」)
나아가는 역설적 노력으로서의 시를 써간다. "언어의 슬픔
을 최후의 근거로 삼았던 감수성"과 "스산한 시대의 변방"을
자임했던 절망의 시간이 시 쓰기의 나날을 횡단해온 것이다.
그렇게 천지를 가로지르는 육체와 정신은 "불탄 언어의 재"
가 되어 "시의 아궁이에서 따뜻한 땅을 사랑"하게 된다. 마치
오르페우스의 노래가 끝나는 광야를 건너는 것처럼, 시인은
"사는 일과 죽는 일을 동시에 사는 시의 한 행"이 되어간 것
이다. 이렇게 숲을 가로지르고 사막을 횡단하는 의지를 가진
시인은 "순수한 의지"와 "슬픔의 극한"으로 시를 써간다. "벼
랑 끝에 서서 전율하는 나의 언어"는 "눈부신 고독"과 함께
"시대의 슬픔을 품는 장대한 시의 넓이"를 가지게 된 것이다.
그때 치솟는 "수직의 고독"이야말로 시인의 일용할 양식이

요, "흔적 없이 사라짐으로 주체성이 처음으로 확인되는"
(「우산을 들고 서 있는 사나이」) 시적 장치일 것이다.

이렇게 허만하 시인은 "물비늘들이 홀연히 사라지는"(
「수성암 기억」) 때 비로소 "문명의 변방"(「백열의 정오」)에서
"평면이 아닌 수직의 깊이"(「거울의 깊이」)를 완성해간다. 그
것은 "태어나는 순간이 바로 사라지는 시간에 겹치는"(「1초
의 지각」) 존재의 필연적 역설이 생겨나는 지점이요, "슬픔과
고뇌를 초월한 명석한 깊이의 순수"(「깊이의 순수」)가 실현되
는 장場이기도 할 것이다. 이처럼 지난날들을 온축하고 호명
하면서 새로운 세계로 나아가려는 허만하 시인의 의지는 오
랜 기억의 풍경을 통해, 시 쓰기의 확연한 자의식을 통해, 세
상이 살 만한 깊이를 갖추고 있음을 근원적인 터치로 보여
준다. 시간의 가혹한 무게를 견디면서, 그 진정성을 통해 우
리로 하여금 우리의 기억을 부조浮彫하게끔 도와준다. 이는
베르그송H. Bergson이 말한 "지속의 내면적 느낌"이라고 부른
시간이 삶 속에 있음을 증명하는 것이기도 하다. 그때 '수직
의 고독'으로 사유하는 존재 생성의 역설이 비로소 실현되
는 것이 아니겠는가.

5.
허만하 선생의 이번 시집은 다양하고도 심미적인 선생만
의 상징적 비의秘義를 통한, 우리로 하여금 가혹한 견인堅忍

과 오랜 기억의 흐름을 아득하게 경험하게끔 해주고 있다. 그러한 독자적 상상과 표현이 앞으로 더욱 선생의 작품 속에서 심미적 성채들을 얻어가기를 충심으로 소망해본다. 그것은 선생이 「물의 순수」에서 노래한 "절정의 순간에 찾아드는 나락의 깊이"이기도 하고, "한순간의 정지와 그 정지에 깃드는 한순간의 고요"이기도 하고, "고독의 극한에서 빚어낸 언어처럼 드물게 반짝임을 반사하는 순수"가 지켜지는 시간이기도 할 것이다. 그리고 그것은 몇몇 개념들로 온전히 환원되지 않는, 생생하기 그지없는 내면적 지속에 대한 직관으로 이어져갈 것이다. 말할 것도 없이, 허만하 선생의 이러한 근원적이고 야성적이고 '수직의 고독'을 통한 시작詩作은 간단없이 지속되어갈 것이다. 굴강하기만 했던 60년 시력詩歷을 넘기고 있는 선생의 작품 앞에서 우리 시단이 커다란 외경과 전율로 답해야 하는 까닭이다.

언어 이전의 별빛

1판 1쇄 인쇄	2018년 5월 10일
1판 1쇄 발행	2018년 5월 25일
지은이	허만하
표지 사진	이원규
펴낸이	임양묵
펴낸곳	솔출판사
편집	신주식 조소연 임정림
디자인	임수현 오주희
경영 및 마케팅	조인선
재무관리	이혜미 김용렬
주소	서울시 마포구 와우산로29가길 80(서교동)
전화	02-332-1526
팩시밀리	02-332-1529
홈페이지	www.solbook.co.kr
이메일	solbook@solbook.co.kr
출판등록	1990년 9월 15일 제10-420호

© 허만하, 2018

ISBN	979-11-6020-042-3 03810

- 이 도서의 국립중앙도서관 출판예정도서목록(CIP)은 서지정보유통지원시스템 홈페이지(http://seoji.nl.go.kr)와 국가자료공동목록시스템(http://www.nl.go.kr/kolisnet)에서 이용하실 수 있습니다. (CIP제어번호:CIP2018008678)
- 잘못된 책은 구입한 곳에서 바꿔드립니다.
- 책값은 뒤표지에 표시되어 있습니다.